LIBRI GRAPHYCO

Pubblicato da Graphyco Classici

Tradotte da Giuseppe Rigutini e Temistocle Gradi

INDICE

ANFITRIONE

I PERSONAGGI

MERCURIO, Dio.

SOSIA, servo.

GIOVE, Dio.

ALCMENA, moglie.

AMFITRIOE, duce.

TESSULA, fantesca.

BLEFARONE, governatore.

BROMIA, fantesca.

IL CANTORE.

AMPHITRVO

PERSONAE

MERCVRIVS, deus.

SOSIA, seruous.

IVPPITER, deus.

ALCVMENA, uxor.

AMPHITRVO, dux.

THESSALA, ancilla.

BLEPHARO, gubernator.

BROMIA, ancilla.

CANTOR.

[LATINO 1]

PROLOGVS

MERCVRIVS. Vt vos in vostris voltis mercimoniis emundis vendundisque me laetum lucris adficere atque adiuvare in rebus omnibus et ut res rationesque vostrorum omnium bene me expedire voltis peregrique et domi bonoque atque amplo auctare perpetuo lucro quasque incepistis res quasque inceptabitis, et uti bonis vos vostrosque omnis nuntiis me adficere voltis, ea adferam, ea uti nuntiem quae maxime in rem vostram communem sient (nam vos quidem id iam scitis concessum et datum mi esse ab dis aliis, nuntiis praesim et lucro): haec ut me voltis adprobare adnitier, lucrum ut perenne vobis semper suppetat ita huic facietis fabulae silentium itaque aequi et iusti hic eritis omnes arbitri. Nunc cuius iussu venio et quam ob rem venerim dicam simulque ipse eloquar nomen meum. Iovis iússu venio, nomen Mercurio est mihi. pater huc me misit ad vos oratum meus, tam etsi, pro imperio vobis quod dictum foret, scibat facturos, quippe qui intellexerat vereri vos se et metuere, ita ut aequom est Iovem; verum profecto hoc petere me precario a vobis iussit, leniter, dictis bonis. etenim ille, cuius huc iussu venio, Iuppiter non minus quam vostrum quivis formidat malum: humana matre natus, humano patre, mirari non est aequom, sibi si praetimet; atque ego quoque etiam, qui Iovis sum filius, contagione mei patris metuo malum. propterea pace advenio et pacem ad vos affero:† iustam rem et facilem esse oratam a vobis volo, nam iusta ab iustis iustus sum orator datus. nam iniusta ab iustis impetrari non decet, iusta autem ab iniustis petere insipientia est; quippe illi iniqui ius ignorant neque tenent. nunc iam huc animum omnes quae loquar advortite. debetis velle quae velimus: meruimus et ego et pater de vobis et re publica; nam quid ego memorem (ut alios in tragoediis vidi, Neptunum Virtutem Victoriam Martem Bellonam, commemorare quae bona vobis fecissent) quis bene factis meus pater, deorum regnator ... architectus omnibus? sed mos numquam illi fuit patri meo,† ut exprobraret quod bonis faceret boni; gratum arbitratur esse id a vobis sibi meritoque vobis bona se facere quae facit.

[ITALIANO 1]

PROLOGO

MERCURIO.

Come voi in tutte le vostre compre e vendite desiderate che vi faccia guadagnare fior di quattrini, e in ogni vostra cosa vi aiuti; come desiderate che in tutto le imprese e le contrattazioni passate, presenti e future, in paese e fuori, vi faccia far sempre grossi guadagni, e porti a voi e ai vostri liete notizie, e soltanto quelle che siano utilissime a'comuni vostri interessi (poiché, lo sapete bene, io sono per concessione degli altri Dei il soprintendente delle notizie e dei guadagni); come dunque desiderate che io per parte mia nulla tralasci, perchè i vostri lucri non scemino mai; cosi voi per parte vostra dovete ascoltare in silenzio questa commedia ed esserne giudici giusti e discreti. Ora vi dirò per parte di chi io sia venuto qua e a che fare, e per quella via dirò anche il mio nome. — Vengo adunque per parte di Giove, e mi chiamo Mercurio. Il mio padre mi ha mandato a pregarvi, quantunque sapesse bene che sarebbe bastato un sol cenno, perchè voi siete buoni figliuoli e timorati di lui; nonostante vuole che vi preghi con parole dolci ed amorevoli, perchè il nostro Giove è nato di un uomo e di una donna, e non fa meraviglia se pensa a' casi suoi; e io pure, che sono il suo figliuolo, mi s'è attaccato lo stesso male del babbo. Perciò, fatti gli scambievoli saluti, eccomi a chiedervi una cosa facile e giusta, come conviene a me e a voi; perchè sarebbe tanto sconveniente chiedere cose ingiuste ad uomini giusti, quanto sarebbe sciocco chieder le giuste agli ingiusti, non conoscendo costoro che cosa sia giustizia e non l'osservando nel fatto. Ora attenti tutti a me: ognuno di voi dee fare il piacer nostro; che io e mio padre siamo benemeriti di voi e dello Stato. E non sono il primo io a dir questo, perchè ho sentito più volte nella scena altri Dei, come Nettuno, il Valore, la Vittoria, Marte, Bellona, ricordare i benefizi fatti a voi: eppure di tutti quei benefizi autor primo fu mio padre. che è il sovrano degli Dei: ma egli non ha mai avuto il costume di rinfacciare ai buoni il ben che fa loro, anzi crede di ricevere da voi un benefizio, quando gli siete grati, e perciò egli ha tutte le ragioni di farvi il ben che vi fa.

[LATINO 2]

Nunc quam rem oratum huc veni primum proloquar, post argumentum huius eloquar tragoediae. quid? contraxistis frontem, quia tragoediam dixi futuram hanc? deus sum, commutavero. eandem hánc, si voltis, faciam ex tragoedia comoedia ut sit omnibus isdem vorsibus. utrum sit an non voltis? sed ego stultior, quasi nesciam vos velle, qui divos siem. teneo quid animi vostri super hac re siet: faciam ut commixta sit: sit tragicomoedia. nam me perpetuo facere ut sit comoedia, reges quo veniant et di, non par arbitror. quid igitur? quoniam hic servos quoque partes habet, faciam sit, proinde ut dixi, tragicomoedia. nunc hoc me orare a vobis iussit Iuppiter, ut conquaestores singula in subsellia eant per totam caveam spectatoribus, si cui favitores delegatos viderint, ut is in cavea pignus capiantur togae; sive quí ambissint palmam histrionibus sive cuíquam artifici, si per scriptas litteras sive qui ípse ambissit seu per internuntium, sive adeo aediles perfidiose cui duint, sirempse legem iussit esse Iuppiter, quasi mágistratum sibi alterive ambiverit. virtute dixit vos victores vivere, non ambitione neque perfidia: qui minus eadem histrioni sit lex quae summo viro? virtute ambire oportet, non favitoribus. sat habet favitorum semper qui recte facit, si illis fides est quibus est ea res in manu. hoc quoque etiam mihi pater in mandatis dedit, ut conquaestores fierent histrionibus: qui sibi mandasset delegati ut plauderent quive quo placeret alter fecisset minus, eius órnamenta et corium uti conciderent. mirari nolim vos, quapropter Iuppiter nunc histriones curet; ne miremini: ipse hanc acturust Iuppiter comoediam. quid? admirati estis? quasi vero novom nunc proferatur, Ióvem facere histrioniam; etiam, histriones anno cum in proscaenio hic Iovem invocarunt, venit, auxilio is fuit. praeterea certo prodit in tragoedia. hanc fabulam, inquam, hic Iuppiter hodie ipse aget, et ego una cum illo. nunc vos animum advortite, dum huius argumentum éloquar comoediae. Haec urbs est Thebae. in illisce habitat aedibus Amphitruo, natus Argis ex Argo patre, quicum Alcumena est nupta, Electri filia.

[ITALIANO 2]

Dunque dirò dapprima che cosa son venuto a chiedervi, poi racconterò l'argomento di questa tragedia. — Tragedia? — Come vi siete rannuvolati! ebbene, sono un Dio, la muterò; e se cosi vi piace, di tragedia si cambierà in commedia senza perdere un verso. Va bene cosi? Ma che baggiano! quasi che un Dio non debba sapere qual'è la vostra volontà. Ho capito che cosa desiderate. Ecco, farò un miscuglio di comico e di tragico, e ne verrà fuori una tragicommedia, perchè con Re e con Dei, che vengono in scena, la non potrebbe essere una commedia da cima in fondo. Ebbene? poiché fo anche le parti di servo, sarà, come dicevo, una tragicommedia. Ora Giove vi prega pei bocca mia che delle guardie girino in platea per tutti i gradini a tener d'occhio gli spettatori. Se troveranno qualche partitante di questo o quell'attore, gli piglino in pegno la toga. Giove vuole che sieno trattati nello stesso modo coloro, i quali parteggino per questo o quell'istrione o personaggio di scena, sia per mezzo di biglietti o d'imbasciate o per loro stessi, e gli edili, che diano contro giustizia la palma, quasi sollecitassero a sé o ad altri una magistratura. Col valore, non colle brighe e cogli imbrogli vuole che voi siale vincitori. E perchè la stessa legge non dovrebbe essere per un attore e per un personaggio grande? Colla virtù, non col favore bisogna farsi avanti: chi opera bene ha fautori abbastanza, se abbiasi fede in chi può. Fra le commissioni mi ha data anche questa, che si mettano guardie anche agli istrioni, che si fossero comprati applausi, o facessero in modo che un altro piacesse meno di loro. Ad essi vuole che sia tolto di dosso il vestiario e la pelle. E non vi faccia meraviglia che Giove si occupi ora degli istrioni. Egli stesso verrà a rappresentare questa commedia. Vi fa meraviglia? quasi che sia oggi la prima volta che Giove fa da istrione. Anche anno, quando gli attori lo invocarono sulla scena, ' venne e gli aiutò. Nelle tragedie poi non c' è dubbio che egli piglia parte. Questa commedia adunque oggi sarà rappresentata da Giove in persona, e da me insiem con lui. Ora attenti che vien fuori l'argomento. — Questa è la città di Tebe. In quelle case là abita Amfitrione, nato in Argo e di padre argivo; la sua moglie è Alcmena, figliuola di Elettro.

[LATINO 3]

is nunc Amphitruo praefectust legionibus, nam cum Telobois bellum est Thebano poplo. is prius quam hinc abiit ipsemet in exercitum, gravidam Alcumenam úxorem fecit suam. nam ego vos novisse credo iam ut sit páter meus, quam liber harum rerum multarum siet quantusque amator sit quod complacitum est semel. is amare occepit Alcumenam clam virum usuramque eius corporis cepit sibi, et gravidam fecit is eam compressu suo. nunc de Alcumena ut rem teneatis rectius, utrimque est gravida, et ex viro et ex summo Iove. et meus pater nunc intus hic cum illa cubat, et haec ob eam rem nox est facta longior, dum cum illa quacum volt voluptatem capit; sed ita adsimulavit se, quasi Amphitruo siet. nunc ne hunc ornatum vos meum admiremini, quod ego huc processi sic cum servili schema: veterem atque antiquam rem novam ad vos proferam, propterea ornatus in novom incessi modum. nam méus pater intus núnc est eccum Iuppiter; in Amphitruonis vertit sese imaginem omnesque eum esse censent servi qui vident: ita versipellem se facit quando lubet. ego servi sumpsi Sosiae mi imaginem, qui cum Amphitruone abiit hinc in exercitum, ut praeservire amanti meo possem patri atque ut ne, qui essem, familiares quaererent, versari crebro hic cum viderent me domi; nunc, cum esse credent servom et conservom suom, haud quisquam quaeret qui siem aut quid venerim. pater nunc intus suo animo morem gerit: cubat complexus cuius cupiens maxime est; quae illi ad legionem facta sunt memorat pater meus Alcumenae: ílla illum censet virum suom esse, quae cum moecho est. ibi nunc meus pater memorat, legiones hostium ut fugaverit, quo pacto sit donis donatus plurimis. ea dona, quae illic Amphitruoni sunt data, abstulimus: facile meus pater quod volt facit. nunc hodie Amphitruo veniet huc ab exercitu et servos, cuius ego hanc feró imaginem. nunc internosse ut nos possitis facilius, ego has habebo úsque in petaso pinnulas; tum meo patri autem torulus inerit aureus sub petaso: id signum Amphitruoni non erit. ea signa nemo hórum familiarium videre poterit: verum vos videbitis. sed Amphitruonis illic est servos Sosia: a portu illíc nunc cum lanterna ádvenit. abigam iam ego illum advenientem ab aedibus. adeste: erit operae pretium híc spectantibus Iovem et Mercurium facere hístrioniam.

[ITALIANO 3]

In questo momento Amfitrione è a capo dell'esercito spedito dai Tebani contro i Teleboi. Prima della sua partenza, la moglie rimase incinta di lui. Ora io credo che ciascun di voi sappia di che panni vesta il mio padre, e come in queste faccende e'si lasci andare molto in là, e che razza di ganzerino sia quando è entrato in solluchero per qualcuna. Egli adunque prese a fare le fusa torte ad Amfitrione, e ingravidò la donna. Ora, perchè siate bene informali sul conto d'Alcmena, essa è gravida di due, del marito e del sommo Giovo, il quale ora è là dentro con lei, e perchè si vuol divertire ha allungato il corso di questa nottata: ma e' ha preso le sembianze di Amfitrione. E perchè nessuno di voi si meravigli ch'io sia venuto innanzi a voi con questi abiti di servo, vi racconterò per nuova una cosa antica quanto il brodetto: ecco perchè son vestito cosi. Il mio padre è là mutatosi nella figura di Amfitrione: tutti i servi credono che sia proprio lui; cosi sa bene, quando gli frulla, mascherarsi in tutte le forme. Perciò io ho preso la figura di Sosia, che se n'andò al campo insiem con Amfitrione, per regger meglio il lume al babbo; e perchè i servitori vedendomi spesso qui per la casa non avessero a domandarmi chi io sia, e che cosa ci faccia; ciò che non mi domandano ora, perchè tutti mi pigliano per uno dei loro. II padre è là che si coccola con la sua bella; le racconta tutte le sue prodezze; nemici fugati, onori e doni ricevuti: e questi doni, che ricevette Amfitrione, noi glieli rubammo, chè a Giove tutto è possibile: ella crede che sia proprio il marito, mentre è un amante. Oggi ritornerà Amfitrione dal campo, e con lui quel servo, di cui ho preso la figura. Ma perchè non ci abbiate a scambiare l'un con l'altro, il contrassegno sarà questo: io porterò al cappello questo pennino, e il mio padre sotto al cappello un cerchietto d'oro, ciò che non avrà Amfitrione. Questi contrassegni nessuno qui della famiglia li potrà vedere; li vedrete soltanto voi. Ma ecco Sosia, il servo d'Amfitrione, che se no viene dal porto con la lanterna in mano. lo lo respingerò dalla porta. E giunto, picchia. Merita che voi stiate a vedere Giove e Mercurio far la commedia.

[LATINO 4]

ACTVS I

SOSIA, MERCVRIVS

SOSIA. Qui me álter est audácior homo aút qui confidéntior, iuventútis mores qui sciam, qui hoc noctis solus ambulem? quid faciam nunc, si tres viri me in carcerem compegerint? inde crás quasi e promptaria cella depromar ad flagrum, nec causam liceat dicere mihi, néque in ero quicquam auxili nec quisquam sit quin me malo omnes esse dignum deputent. íta quasi incudém me miserum hómines octo válidi caedant: ita peregre adveniens hospitio publicitus accipiar. haéc eri immodéstia coegit, me qui hoc noctis a portu ingratiis excitavit. nonne ídem hoc luci me míttere potuit? opulénto homini hoc servitús dura est, hoc mágis miser est divítis servos: nóctesque diésque assiduó satis superque est quód facto aut dícto adeost ópus, quietus ne sis. ípse dominus díves, operis ét laboris expers, quódcumque homini áccidit libére, posse retur: aéquom esse putát, non reputát laboris quid sit. nec aéquom anne iníquom imperét cogitábit. ergo ín servitúte expetúnt multa iníqua: habéndum et ferúndum hoc onúst cum labóre.

MERC. Satiúst me queri íllo modó servitútem: hodié qui fuerim líber, eúm nunc potívit patér servitútis, hic qui verna natus est queritur.

SOS. Sum véro verna vérbero: num número mi in mentém fuit, dis advenientem gratias pro meritis agere atque alloqui? ne illi edepol si merito meo referre studeant gratiam, aliquem hominem allegent qui mihi advenienti os occillet probe, quoniam bene quae in me fecerunt ingrata ea habui atque inrita.

MERC. Facit ille quod volgo haud solent, ut quid se sit dignum sciat.

SOS. Quod numquam opinatus fui neque alius quisquam civiumsibi eventurum, id contigit, ut salvi poteremur domi. victores victis hostibus legiones reveniunt domum, duelló exstincto maximo atque internecatis hostibus.

[ITALIANO 4]

ATTO I

SOSIA, MERCURIO.

SOSIA. Ci vuole un bel coraggio a girar solo a quest'ora di notte per la città, conoscendo i costumi di questi giovanastri! Che fare'io, se i Tre mi mettessero in gattabuia, e domani me ne cavassero fuori per mettermi al pancaccio? lo non potrei scolparmi; il padrone non ci potrebbe far nulla, e tutti direbbero che mi sta bene. Cosi otto robusti picchiatori darebbero su me come a dare sur un'incudine, e al mio arrivo mi farebbero questa pubblica accoglienza.Vedete indiscretezza del padrone, il quale ha voluto che nel cuor della notte io venga contro mia voglia dal porto! Non poteva aspettare a giorno? Mala cosa il servire in casa d'un ricco! la servitù è due tanti più dura. Giorno e notte è un continuo assaettarsi; faccende da sbrigare, imbasciate da portare; insomma non c' è un momento di riposo. Un ricco padrone, che non sa che cosa vuol dir fatica, tutto quello che gli può frullare nella testa, e' lo crede possibile a un servo, senza considerare la fatica, senza curarsi se il comando sia giusto od ingiusto. Perciò a un povero servo si fanno molte di queste angherie; ma bisogna sopportare come si può questa soma.

MERC. (da sè). Quei lamenti starebbero meglio in bocca a me, che ero libero, ed ora il padre m'ha fatto servo: egli almeno è nato servo in casa.

SOSIA (da sé). Son pur degno di bastonate, che mi ricordo solamente ora di avere a ringraziare gli Dei dei benefizi che m'hanno fatto. Ma poi se essi dovessero darmi il merito mio, manderebbero qualcuno a pestarmi il muso con un bastone, per aver fatto come l'asino al corbello.

MERC. (c. s.). Costui è il primo che conosca quello che si merita.

SOSIA (c. s.). Ciò che io non credevo, nè alcuno avrebbe mai pensato, eccoci sani e salvi in patria. L'esercito vincitore, disfatti i nemici e terminata una guerra gravissima con la strage degli avversari, se ne ritorna a casa;

[LATINO 5]

Quod multa Thebano poplo acerba obiecit funera, id vi et virtute militum victum atque expugnatum oppidum est imperio atque auspicio eri mei Amphitruonis maxime. praeda atque agro adoriaque adfecit populares suos regique Thebano Creoni regnum stabilivit suom. me a portu praemisit domum, ut haec nuntiem uxori suae, ut gesserit rem publicam ductu imperio auspicio suo. ea nunc meditabor quo modo illi dicam, cum illo advenero. si dixero mendacium, solens meo more fecero. nam cum pugnabant maxume, ego tum fugiebam maxume; verum quasi adfuerim tamen simulabo atque audita eloquar. sed quo modo et verbis quibus me deceat fabularier, prius ipse mecum etiam volo hic meditari. sic hoc proloquar. Principio ut illo advenimus, ubi primum terram tetigimus, continuo Amphitruo delegit viros primorum principes; eos legat, Telobois iubet sententiam ut dicant suam: si sine vi et sine bello velint rapta et raptores tradere, si quae asportassent redderent, se exercitum extemplo domum reducturum, abituros agro Argivos, pacem atque otium dare illis; sin aliter sient animati neque dent quae petat, sese igitur summa vi virisque eorum oppidum oppugnassere. haec ubi Telobois ordine iterarunt quos praefecerat Amphitruo, magnanimi viri freti virtute et viribus superbe nimis ferociter legatos nostros increpant, respondent bello se et suos tutari posse, proinde uti propere irent, de suis finibus exercitus deducerent. haec ubi legati pertulere, Amphitruo castris ilico producit omnem exercitum. Teloboae contra ex oppido legiones educunt suas nimis pulcris armis praeditas. póstquam utrimque éxitum est máxima cópia, dispertiti viri, dispertiti ordines, nos nostras more nostro et modo instruximus légiones, item hóstes contra légiones suas ínstruont. deínde utrique ímperatóres in medium éxeunt, éxtra turbam órdinum cólloquontúr simul. convenit, victi utri sint eo proelio, urbem agrum aras focos seque uti dederent. postquam id actum est, tubae contra utrimque occanunt, consonat terra, clamorem utrimque efferunt. imperator utrimque, hinc et illinc, Iovi vota suscipere, utrimque hortari exercitum.

[ITALIANO 5]

E quella città, cagione ai Tebani di tante e tanto grandi sventure, è già espugnata di viva forza, per il valor de'nostri soldati e specialmente per la condotta e gli auspicii di Amfitrione, il quale ha cosi arricchito i suoi concittadini di bottino, di territorio e di gloria, e rafforzato a Creonte il suo regno. Ed ora mi ha mandato innanzi a casa per annunziare tutto questo alla moglie, e come con la sua condotta, comando ed auspicii abbia ben meritato del comune. Pensiamo un po'come dire. Se ne sballo qualcuna, saranno delle mie solite, perchè quanto più accanitamente combattevano, e io più accanitamente fuggivo. Dirò adunque quello che ho sentito dire, quasi l'avessi veduto co' miei occhi. Ma, come dicevo, bisogna fare un po'di preparazione. Ecco il racconto. — Appena giunti, e posto piede a terra, Amfitrione senza perder tempo sceglie i più nobili cittadini e manda un'ambasciata a Teleboidi, perché dicano loro la sua intenzione: se vogliano con le buone consegnare i predatori e la preda, e restituire il mal tolto, egli ricondurrebbe subito l'esercito in patria, gli Argivi sgombrerebbero il territorio, e sarebbe pace e amicizia; se poi la intendessero diversamente, e non dessero soddisfazione, combatterebbe con grande esercito la loro città. Fatta l'ambasciata parola per parola, i Teleboidi, che son gente animosa, fidando nel loro valore e superbi delle loro forze, rispondono ferocemente ai nostri ambasciatori, dicendo che loro bastava l'animo di difendere con le armi sé e i suoi, e che partissero prestamente con l'esercito dal loro paese. Riferita ad Amfitrione questa risposta, conduce fuori immantinente tutto l'esercito dagli accampamenti; e i Teleboidi le loro genti dalla città, armate che era una maraviglia. Come dunque in gran numero uscimmo gli uni contro gli altri, furono messi in ordine di battaglia i soldati e distribuite le schiere, noi alla nostra usanza, loro alla loro. Fatto questo l'uno e l'altro generale escono fuori dalle file, e vengono a parlamento. I patti sono che chi di loro perda la battaglia, debba consegnare al vincitore la città, il territorio, le are, i focolari e le persone. Dopo ciò, squillano di qua e di là le trombe; ne risuona la terra; le grida vanno al cielo. I generali fan voti a Giove, esortano i loro; ciascuno dal canto suo fa l'estremo di sua possa;

[LATINO 6]

Tum pro se quisque id quod quisque potest et valet edit, ferro ferit, tela frangunt, boat caélum fremitú virum, ex spíritu atque anhélitu nébula constát, cadunt vólnerum ví viri. denique, ut voluimus, nostra superat manus: hostes crebri cadunt, nostri contra ingruont vicimus ví feroces. sed †fugam in se tamen nemo convortitur nec recedit loco quin statim rem gerat; animam omittunt prius quam loco demigrent: quisque ut steterat iacet optinetque ordinem. hóc ubi Amphítruo erus cónspicatust, ílico equités iubet déxtera indúcere. equites parent citi: ab dextera maximocúm clamore involant ímpetu alacri, foédant et próterunt hóstium cópias iúre iniustas.

MERC. Numquam étiam quicquam adhúc verborum est prólocutus pérperam: namque ego fui illi in re praesenti et meus, cum pugnatum est, pater.

SOS. Perduelles penetrant se in fugam; ibi nostris animus additust: vortentibus Telobois telis complebantur corpora, ipsusque Amphitruo regem Pterelam sua obtruncavit manu. haec illic est pugnata pugna úsque a mani ad vesperum (hoc adeo hoc commemini magis, quia illo die inpransus fui), sed proelium id tandem diremit nox interventu suo. postridie in castra ex urbe ad nos veniunt flentes principes: velatis manibus orant ignoscamus peccatum suom, deduntque se, divina humanaque omnia, urbem et liberos in dicionem atque in arbitratum cuncti Thebano poplo. post ob virtutem ero Amphitruoni patera donata aurea est, qui Pterela potitare solitus est rex. haec sic dicam erae. nunc pergam eri imperium exequi et me domum capessere.

MERC. Áttat, illic húc iturust. íbo ego illi óbviam, neque ego huc hominem hodie ad aedis has sinam umquam accedere; quando imago est huius in me, certum est hominem eludere. et enim vero quoniam formam cépi huius ín med et statum, decet et facta moresque huius habere me similes item. itaque me malum esse oportet, callidum, astutum admodum atque hunc, telo suo sibi, malitia a foribus pellere. sed quid illúc est? caelum aspectat. observabo quam rem agat.

[ITALIANO 6]

Ai colpi si spezzano i brandi, l'aria muggisce alle grida dei combattenti; il fiato, il sospiro si condensano in nebbia; chi casca di qui e chi di qua; alla fine abbiamo la meglio, e i nostri voti son paghi: i nemici cadono come mosche, i nostri sempre più addosso; la vittoria rimane al nostro valore. E nonostante nessuno ancora si volge in fuga, nè cede d'un palmo il terreno, e più tosto che il campo perde la vita: ciascuno cuopre col suo corpo il posto ch'egli ebbe nella pugna. Veduto questo, Amfitrione comanda alla cavalleria che li urti di fianco. Detto fatto: dalla destra si slanciano gridando, si precipitano rovinosamente, rompono, schiacciano le schiere nemiche, e giustizia trionfa.

MERC. (da sè). Fin qui non ha detto neanche una mezza parola di più; perchè ci fummo presenti anch' io e mio

SOSIA (da sè). I nemici allora si danno a precipitosa fuga, cresce a'nostri il cuore, ne bersagliano coi dardi le spalle, e lo stesso Pterela loro re cade per mano d'Amfitrione. La battaglia durò dalla mattina fino alla sera; ed io me ne ricordo bene, perchè stetti senza mangiare. La notte finalmente pose termine col suo intervento al combattere. Il giorno dopo i principali della città vengono ai nostri accampamenti con le lagrime agli occhi, coi ramoscelli d'ulivo in mano, chiedendo perdono alla loro colpa, e rimettono in piena potestà del popolo tebano se stessi e tutte le loro cose divine ed umane, la città e i figliuoli; dipoi presentano ad Amfitrione per il suo valore una tazza d'oro, che ci soleva bever Pterela. — Ecco quanto dirò alla padrona. Ora facciamo i comandi, e via a casa.

MERC. (c. s.). Oh, oh, ha preso la volta per in qua; bisogna pararglisi innanzi. Stanotte non permetto che alcuno s'accosti a questa porta. Ma dacché ho preso la figura di costui, voglio un po'divertirmi. E come ne ho preso la figura e il contegno, cosi mi bisogna prendere anche il carattere e le azioni, ed esser cattivo, furbo, mariuolo la mia parte. e con le sue armi stesse, cioè con la malizia, respingerlo da questa porta. Ma che domin fa' strolaga il tempo: stiamo un po'a vedere.

[LATINO 7]

SOS. Certe edepol, si quicquamst aliud quod credam aut certo sciam, credo ego hac noctu Nocturnum óbdormivisse ebrium. nam neque se Septentriones quoquam in caelo commovent, neque se Luna quoquam mutat atque uti exorta est semel, nec Iugulae neque Vesperugo neque Vergiliae óccidunt. ita statim stant signa, neque nox quoquam concedit die.

MERC. Perge, Nox, ut occepisti, gere patri morem meo: optumo optume optumam operam das, datam pulchre locas.

SOS. Neque ego hac nocte longiorem me vidisse censeo, nisi item unam, verberatus quam pependi perpetem; eam quoque edepol etiam multo haec vicit longitudine. credo edepol equidem dormire Solem, atque adpotum probe; mira sunt nisi invitavit sese in cena plusculum.

MERC. Ain vero, verbero? deos esse tui similis putas? ego pol te istis tuis pro dictis et male factis, furcifer, accipiam; modo sis veni huc: invenies infortunium.

SOS. Vbi sunt isti scortatores, qui soli inviti cubant? haec nox scita est exercendo scorto conducto male.

MERC. Meus pater nunc pro huius verbis recte et sapienter facit, qui complexus cum Alcumena cubat amans animo obsequens.

SOS. Ibo ut erus quod imperavit Alcumenae nuntiem. sed quis hic ést homo, quem ante aedis video hoc noctis? non placet.

MERC. Nullust hoc metuculosus aeque.

SOS. Mi in mentem venit, illic homó hoc dé umero volt pallium detexere.

MERC. Timet homo: deludam ego illum.

SOS. Perii, dentes pruriunt; certe advenientem hic me hospitio pugneo accepturus est. credo misericors est: nunc propterea quod me meus erus fecit ut vigilarem, hic pugnis faciet hodie ut dormiam. oppido interii. obsecro hercle, quantus et quam validus est.

[ITALIANO 7]

SOSIA (c. s.). Affé di Bacco! son certo certissimo che in questa notte il Dio Notturno s'è addormentato briaco. Il carro non si muove più nel cielo; la Luna se ne sta immobile nel punto, ove ella è sorta; Orione, Vespero, le Gallinelle non tramontano: tutti gli astri son fermi, e la notte non fa posto al giorno.

MERC. (da sè). E tu invece, o notte, continua cosi, come hai incominciato; sii compiacente al mio padre: tu aiuti degnamente un padrone degnissimo, e la tua opera non sarà perduta.

SOSIA (da sé). Io non credo che ci sia stata al mondo notte più lunga di questa, se pure non fu quella, in cui io, dopo essere stato vergheggiato, fui messo penzoloni alla forca. Ma questa notte è per certo assai più lunga anche di quella. O che il Sole si sia addormentato con la sbornia? Certo che a tavola ha alzato un po'troppo il gomito.

MERC. (c. s.). Che cosa dici, groppa da legnate? Credi che gli Dei somiglino a te? Ora t'accomodo io per coteste scellerate parole, manigoldo. Accostati, e tu lo senti!

SOSIA (c. s.). Dove son eglino questi bordellieri, che non possono dormir soli? Questa è la vera notte per ispenderli giustificati.

MERC. (c. s.). Secondo il suo discorso, il mio padre e' l'ha intesa a godersi in questa notte Alcmena.

SOSIA (c. s.). Andiamo ora a far ad Alcmena l'ambasciata del padrone. Ma chi è quella figura là innanzi alla porta di casa. A quest'ora di notte? Non mi piace punto.

MERC. (c. s.). Che poltrone!

SOSIA (c. s.). Che si che costui mi vuol portar via di dosso il mantello!

MERC. (c. s.). L'amico ha paura: bisogna fargli la burletta.

SOSIA (c. s.). Pover' a me! i denti mi cominciano a ballare. Di certo costui mi dà con un pugno il ben tornato: ha buon cuore lui, mi pare; e come il mio padrone ha voluto che vegliassi, cosi costui con quattro pugni mi mette a dormire. Son morto! guarda che tocco di fante!

[LATINO 8]

MERC. Clare advorsum fabulabor, ut hic auscultet quae loquar; igitur magis demum maiorem in sese concipiet metum. agite, pugni, iam diu est quom ventri victum non datis: iam pridem videtur factum, heri quod homines quattuor in soporem collocastis nudos.

SOS. Formido male, né ego hic nomen meum commutem et Quintus fiam e Sosia; quattuor nudos sopori se dedisse hic autumat: metuo ne numerum augeam illum.

MERC. em, nunciam ergo: sic volo.

SOS. Cingitur: certe expedit se.

MERC. Non feret quin vapulet.

SOS. Quis homo?

MERC. Quisquis homo huc profecto venerit, pugnos edet.

SOS. Apage, non placet me hoc noctis esse: cenavi modo; proin tu istam cenam largire, si sapis, esurientibus.

MERC. Haud malum huic est pondus pugno.

SOS. Perii, pugnos ponderat.

MERC. Quid si ego illum tractim tangam, ut dormiat?

SOS. Servaveris, nam continuas has tris noctes pervigilavi.

MERC. Pessumest, facimus nequiter, ferire malam male discit manus; alia forma ésse oportet quem tu pugno legeris.

SOS. Illic homo me interpolabit meumque os finget denuo.

MERC. Exossatum os esse oportet quem probe percusseris.

SOS. Mirum ni hic me quasi murenam éxossare cogitat. ultro istunc qui exossat homines. perii, si me aspexerit.

[ITALIANO 8]

MERC. (c. s.). Parliamo a voce alta, perché possa sentirmi, e cosi gli si raddoppi in corpo la paura. — Cazzotti, a voi! è un gran pezzo che non mi fate più le spese. E'mi pare un secolo da che ieri spogliaste e metteste a dormire per terra quattro persone.

SOSIA (da sè). l'ho una paura maledetta che oggi non m'abbia a mutar nome, e di Sosia divenga Quinto. Dice di avere addormentato quattro persone: sta a vedere che io cresco la somma.

MERC. Sbrighiamoci una volta: cosi.

SOSIA (c. s.). E'si rimbocca le maniche; certo che si prepara.

MERC. Non se ne va, senza averne toccate.

SOSIA. Chi?

MERC. Chiunque si avanza a questa parto, dovrà mangiare de'pugni.

SOSIA. Mangiare a quest'ora di notte, ti pare? Ho cenato che è poco. Sicché cotesta cena puoi regalarla a chi ha fame.

MERC. (da sè, bilanciando un pugno). Questo pesa che non c'è malaccio.

SOSIA (c. s.). Poveretto me! e'pesa i pugni.

MERC. (c. s.). E se io gli dòssi una fregiatina, perchè dormisse?

SOSIA (c. s.). Mi riavresti da morte a vita, perchè son tre notti di seguilo che mi tocca a vegliare.

MERC. (c. s.). O questa è bella! Il mio pugno non sa più percuotere come una volta. Un pugno bene applicato bisogna che muti l'effigie.

SOSIA (c. s.). Costui mi rimette in pressa, e mi dà un’altra figura.

MERC. (c. s.). E che disossi colui, al quale è stato appoggiato.

SOSIA (c. s.). Miracolo! se e'non mi disossa come una murena. Alla larga da questo disossatore d'uomini! Se mi vede, son perduto.

[LATINO 9]

MERC. Olet homo quidam malo suo.

SOS. ei, numnam ego óbolui?

MERC. Atque haud longe abesse oportet, verum longe hinc afuit.

SOS. Illic homo superstitiosust.

MERC. Gestiunt pugni mihi.

SOS. Si in me exercituru's, quaeso in parietem ut primum domes.

MERC. Vox mi ad aures advolavit.

SOS. Né ego homo infelix fui, qui non alas intervelli: volucrem vocem gestito.

MERC. Illic homo a me sibi malam rem arcessit iumento suo.

SOS. Non equidem ullum habeo iumentum.

M. Onerandus est pugnis probe.

SOS. Lassus sum hercle, navi ut vectus huc sum: etiam nunc nauseo; vix incedo inanis, ne ire posse cum onere existimes.

MERC. Certe enim hic nescio quis loquitur.

SOS. Salvos sum, non me videt: nescioquem loqui autumat; mihi certo nomen Sosiaest.

MERC. Hinc enim míhi dextra vox auris, ut videtur, verberat.

SOS. Metuo, vocis ne vicem hodie hic vapulem, quae hunc verberat.

MERC. Optume eccum incedit ad me.

SOS. Timeo, totus torpeo. non edepol nunc ubi terrarum sim scio, si quis roget, neque miser me commovere possum prae formidine. ilicet, mandata eri perierunt una et Sosia. verum certum est confidenter hominem contra conloqui, qui possim videri huic fortis, a me ut abstineat manum.

[ITALIANO 9]

MERC (c. s.). Mi par di sentire qui un puzzo di qualcuno.

SOSIA (c. s.). Pover'a me! avrei addosso qualche puzzo?

MERC. (c. s.) Dev'esser vicino: è vero però che vien di lontano.

SOSIA (da sè). Costui è uno stregone.

MERC. (da sé). E'mi brillano le mani.

SOSIA (c. s.). Se le prepari per me, guarda di esercitarle prima contro un muro.

MERC. (c. s.). M'è volata la sua voce all'orecchio.

SOSIA (c. s.). Imbecille che non gli ho tarpato le'ali! O non ho una voce alata!

MERC. (c. s.). Costui vien col ciuco a prendere un carico di legnate.

SOSIA (c. s.). Ma io non ho alcun ciuco.

MERC. (c. s.). Bisogna caricarlo bene di pugni.

SOSIA (c. s.). Sono stracco della traversata per mare. Ho sempre il mal di stomaco, e appena posso camminare scarico; guarda se potrei con un carico addosso!

MERC. (c. s.). Certamente qui c'è qualcuno che parla.

SOSIA (c. s.). Son salvo: non mi vede. Dice: <e'c'è qualcuno che parla; > io non mi chiamo qualcuno, ma Sosia.

MERC. (c. s.). Mi pare che una voce sia venuta a percuotere l'orecchio destro.

SOSIA (c. s.). Ho paura di dover essere percosso io, a sconto della voce.

MERC. (c. s.). Eccolo che viene alla mia volta: benissimo!

SOSIA (c. s.). lo tremo tutto: non so più in che parte di mondo mi sia, e non posso ruticarmi per lo spavento. Addio Sosia e le commissioni del padrone! Ma no; bisogna farsi animo, e abbordare costui; perchè mi pigli per un uomo di petto e tenga a sé le mani.

[LATINO 10]

MERC. Quo ambulas tu, qui Volcanum in cornu conclusum geris?

SOS. Quid id exquiris tu, qui pugnis os exossas hominibus?

MERC. Servosne es an liber?

SOS. Vtcumque animo conlibitum est meo.

MERC. Ain vero?

SOS. Aio enim vero.

M. Verbero.

S. Mentiris nunc.

MERC. At iam faciam ut verum dicas dicere.

SOS. Quid eo est opus?

MERC. Possum scire, quo profectus, cuius sis aut quid veneris?

SOS. Húc eo, eri iussu, eius sum servos. numquid nunc es certior?

M. Ego tibi istam hodie, sceleste, comprimam linguam.

S. Haud potes: bene pudiceque adservatur.

MERC. Pergin argutarier? quid apud hasce aedis negoti ést tibi?

SOS. Immo quid tibi est?

MERC. Rex Creo vigiles nocturnos singulos semper locat.

SOS. Bene facit: quia nos eramus peregre, tutatust domi; at nunc abi sane, advenisse familiares dicito.

MERC. Nescio quam tu familiaris sis: nisi actutum hinc abis, familiaris accipiere faxo haud familiariter.

S. Hic inquam habito ego atque horunc servos sum.

[ITALIANO 10]

MERC. Olà; dove si va con cotesta lanterna accesa?

SOSIA. Che te ne importa a te, che disossi le persone coi pugni?

MERC. Sei cittadino o servo?

SOSIA. Son quel che mi pare.

MERC. Cosi veramente?

SOSIA. Cosi di' certo.

MERC. Furfante.

SOSIA. Menzogna!

MERC. Ma ora ti farà dire la verità.

SOSIA. E che te ne importa?

MERC. Si può sapere di dove vieni, di chi sei, e che cerchi qui?

SOSIA. Vo là; son servo del mio padrone. Ne sai tu più di prima?

MERC. Io ti leverò oggi cotesta lingua scellerata.

SOSIA. Impossibile; e'la tengo chiusa a sette chiavi.

MERC. E seguiti a far l'arguto? — Che interessi hai tu in questa casa?

SOSIA. Anzi tu?

MERC. Il re Creonte mette qui tutte le notti le sentinelle.

SOSIA. Ha fatto molto bene a guardarci la casa nel tempo della nostra lontananza. Ma ora te ne puoi andare: digli che son tornati i domestici.

MERC. Ma di chi tu sei domestico? Se non te ne vai subito, ti fo pigliare dai domestici in modo non punto domestico.

SOSIA. Ma io t'ho detto che abito in questa casa qui, e sono il servo di costoro.

[LATINO 11]

M. At scin quo modo? faciam ego hodie te superbum, nisi hinc abis.

SOS. Quonam modo?

MERC. Auferere, non abibis, sí ego fustem sumpsero.

SOS. Quin me esse huius familiai familiarem praedico.

MERC. Vide sis quam mox vapulare vis, nisi actutum hinc abis.

SOS. Tun domo prohibere peregre me advenientem postulas?

M. Haecine tua domust?

S. Ita inquam.

M. Quis erus est igitur tibi?

SOS. Amphitruo, qui nunc praefectust Thebanis legionibus, quicum nupta est Alcumena.

MERC. Quid ais? quid nomen tibi est?

SOS. Sosiam vocant Thebani, Davo prognatum patre.

MERC. Ne tu istic hodie malo tuo compositis mendaciisadvenisti, audaciai columen, consutis dolis.

SOS. Immo equidem tunicis consutis huc advenio, non dolis.

MERC. At mentiris etiam: certo pedibus, non tunicis venis.

SOS. Ita profecto.

MERC. Nunc profecto vapula ob mendacium.

SOS. Non edepol volo profecto.

MERC. At pol profecto ingratiis. hoc quidem profecto certum est, non est arbitrarium.

[ITALIANO 11]

MERC. Non sai tu? Se non parli di qui, io di servo ti fo diventare un signore.

SOSIA. In qual modo?

MERC. Perchè invece d'andartene con le tue gambe, sarai portato via di peso, se metto mano a un bastone.

SOSIA. Ma io ti ripeto che sono uno di questa famiglia.

MERC. Ed io per tua regola ti dico, che se non te ne vai subito, tu vuoi quattro legnate.

SOSIA. E tu pretenderesti di chiudermi al mio ritomo la porta in faccia?

MERC. Che questa è la tua casa?

SOSIA. Sicuro che è.

MERC. E chi è dunque il tuo padrone?

SOSIA. Amfitrione, generalissimo dell'esercito tebano, marito di Alcmena.

MERC. E tu come ti chiami?

SOSIA. Sosia mi chiamano a Tebe, e son figliuolo di Davo.

MERC. Oggi tu se'venuto qua in mal punto con cotesto tessuto di bugie e d'inganni, tocco di birbone.

SOSIA. Io son venuto qua con tessuti di lana, e non d'inganni.

MERC. E seguiti a mentire? Tu ci sei venuto coi piedi e non coi tessuti di lana.

SOSIA. Certamente,

MERC. E ora certamente riceverai delle briscole per la tua bugia.

SOSIA. Ma io non le voglio di sicuro.

MERC. Tu le piglierai di sicuro contro voglia. Questo è certo certissimo, o non c'è bisogno del tuo consenso.

[LATINO 12]

SOS. Tuam fidem obsecro.

MERC. Tun te audes Sosiam esse dicere, quí ego sum?

S. Perii.

M. Parum etiam, praeut futurum est, praedicas. quoius nunc es?

SOS. Tuos, nam pugnis usu fecisti tuom. pro fidem, Thebani cives.

MERC. Etiam clamas, carnifex? loquere, quid venisti?

SOS. Vt esset quem tu pugnis caederes.

M. Cuius es?

S. Amphitruonis, inquam, Sosia.

M. Ergo istoc magis, quia vaniloquo's, vapulabis: ego sum, non tu, Sosia.

SOS. Ita di faciant, ut tu potius sis atque ego te ut verberem.

M. Etiam muttis?

S. Iam tacebo.

M. Quis tibi erust?

S. Quem tu voles.

MERC. Quid igitur? qui nunc vocare?

SOS. Nemo nisi quem iusseris.

MERC. Amphitruonis te esse aiebas Sosiam.

SOS. Peccaveram, nam Amphitruonis †socium ne me esse volui dicere.

MERC. Scibam equidem nullum esse nobis nisi me servom Sosiam. fugit te ratió.

[ITALIANO 12]

SOSIA. Per carili!

MERC. Tu hai faccia di dire che sei Sosia, mentre son io? (Lo picchia.)

SOSIA. Ahi!

MERC. Ancora non è nulla a quel che sara. A chi tu appartieni?

SOSIA. A te; poiché a forza di pugni ti sei impossessato di me. — Tebani. aiuto, Tebani!

MERC. Gridi anche, manigoldo? dimmi che se'venuto a far qua?

SOSIA. A farmi ricoprire di pugni da te.

MERC. Di chi sei?

SOSIA. D'Amfitrione, t'ho detto, io Sosia.

MERC. Eccotene un' altra dose per le tue bugie. Sosia son io, non tu.

SOSIA. Volesse il Cielo che tu fossi me, perch'io potessi picchiarti.

MERC. E fiati ancora?

SOSIA. Ecco mi cheto.

MERC. Chi è il tuo padrone?

SOSIA. Chi tu vuoi.

MERC. Ebbene, che nome ora tu hai?

SOSIA. Il nome che vorrai tu.

MERC. Dicevi di esser Sosia, servo d'Amfitrione.

SOSIA. Sbagliai: volevo dire compagno di Amfitrione.

MERC. Difatti sapevo bene che in casa nostra non c'era altro Sosia che io: tu hai perduto il cervello.

[LATINO 13]

SOS. Vtinam istuc pugni fecissent tui.

MERC. Ego sum Sosia ille quem tu dudum esse aiebas mihi.

SOS. Obsecro ut per pacem liceat te alloqui, ut ne vapulem.

MERC. Immo indutiae parumper fiant, si quid vis loqui.

SOS. Non loquar nisi pace facta, quando pugnis plus vales.

MERC. Dic si quid vis, non nocebo.

SOS. Tuae fide credo?

MERC. Meae.

SOS. Quid si falles?

MERC. Tum Mercurius Sosiae iratus siet.

SOS. Animum advorte. nunc licet mihi libere quidvis loqui. Amphitruonis ego sum servos Sosia.

MERC. Etiam denuo?

SOS. Pacem feci, foedus feci. vera dico.

MERC. Vapula.

SOS. Vt libet quid tibi libet fac, quoniam pugnis plus vales; verum, utut es facturus, hoc quidem hercle haud reticebo tamen.

MERC. Tu me vivos hodie numquam facies quin sim Sosia.

SOS. Certe edepol tu me alienabis numquam quin noster siem; nec nobis praeter med alius quisquam est servos Sosia. qui cum Amphitruone hinc una ieram in exercitum.

M. Hic homo sanus non est.

[ITALIANO 13]

SOSIA. Il Ciel volesse che avessi potuto perdere anche i tuoi pugni.

MERC. Io son quel Sosia, che tu poco fa mi dicevi esser tu.

SOSIA. Ma si potrebbe parlarti un po'con le buone, e senza esser picchiati?

MERC. Accordo un po' di tregua, perchè tu dica quel che hai da dire.

SOSIA. Non parlo se non a pace fatta, poiché a pugni se'troppo superiore.

MERC. Ebbene, parla; prometto di non toccarti.

SOSIA. Mi posso fidare?

MERC. Fidati pure.

SOSIA. E se non mantieni la parola?

MERC. Scenda su Sosia tutta l'ira di Mercurio.

SOSIA. Attento adunque: ora posso parlare liberamente. — lo sono Sosia, servo di Amfitrione.

MERC. Ancora?

SOSIA. Ho fatto la pace, ho fermato il trattato; io dico il vero.

MERC. O piglia. (Lo percuote.)

SOSIA. Fa puro la tua volontà, poiché hai i polsi migliori de'miei. Ma per quanto tu possa fare, non farai si che io taccia.

MERC. E tu oggi non farai in modo che io non sia Sosia.

SOSIA. Né tu m'impedirai d'esser qui de'nostri; e in casa nostra non c'é altro servo che me, di nome Sosia, che andai insiem col padrone alla guerra.

MERC. Tu non hai il cervello al suo posto.

[LATINO 14]

S. Quod mihi praedicas vitium, id tibi est. quid, malum, non súm ego servos Amphitruonis Sosia? nonne hac noctu nostra navis huc ex portu Persico venit, quae me advexit? nonne me huc erus misit meus? nonne ego nunc sto ante aedes nostras? non mi est lanterna in manu? non loquor, nón vigilo? nonne hic homo módo me pugnis contudit? fecit hercle, nam etiam misero nunc mihi malae dolent. quid igitur ego dubito, aut cur non intro eo in nostram domum?

M. Quid, domum vostram?

S. Ita enim vero.

M. Quin quae dixisti modoomnia ementitu's: equidem Sosia Amphitruonis sum. nam noctu hac soluta est navis nostra e portu Persico, et ubi Pterela rex regnavit oppidum expugnavimus, et legiones Teloboarum vi pugnando cepimus, et ipsus Amphitruo optruncavit regem Pterelam in proelio.

SOS. Egomet mihi non credo, cum illaec autumare illum audio; hic quidem cérte quae illic sunt res gestae memorat memoriter. sed quid ais? quid Amphitruoni doni a Telobois datum est?

MERC. Pterela rex qui potitare solitus est patera aurea.

SOS. Elocutus est. ubi patera nunc est?

MERC. Est in cistula; Amphitruonis obsignata signo est.

SOS. Signi dic quid est?

MERC. Cum quadrigis Sol exoriens. quid me captas, carnufex?

SOSIA. (c. s.). Non c‘ è che ridire: bisogna ch’i’ mi trovi un altro nome. E di dove ha osservato tutto questo? Ma ora ce lo chiappo. Quello che feci io nella tenda non lo vide nessuno, e non c'era alcuno presente; e questo non lo può dire davvero. —Se tu se'Sosia, dimmi: quando le schiere erano in sul più bello del combattere, che facevi tu nella tenda? Se tu lo dici, mi do per vinto.

[ITALIANO 14]

SOSIA. Tu dici di me quel che veramente é di te. Ma che? non sono io Sosia, servo di Amfitrione? Non sono venuto io in questa notte dal porto Persico a bordo della nostra nave? Non mi ha spedito qua il mio padrone? Non sono dinanzi alla nostra casa? Non ho io in mano la lanterna? Non sono io che parlo? che veglio? Non sono stato maturato io da costui coi pugni? Si certo che me li ha dati, o mi dolgo tutto, poveretto! Dunque perchè sto in dubbio? perchè non entro in casa nostra?

MERC. Che? casa vostra?

SOSIA. Certo che sì.

MERC. Quel che hai detto fin qui son tutte bugie. Sosia servo d'Amfitrione son io. Questa notte la nostra nave è uscita dal porto Persico, dopo avere espugnata la città, dove regnò il re Pterela, e fatte prigioniere in campo aperto le legioni de'Teleboi, e dopo avere Amfitrione ucciso di sua mano il re Pterela in battaglia.

SOSIA (da sé). Io non credo più a me stesso, sentendogli dire tali cose. Costui dice per filo e per segno tutto quello che è accaduto. — E, dimmi, che dono fu fatto dai Teleboi ad Amfitrione?

MERC. Gli fu regalata una tazza d'oro, in cui beveva Pterela.

SOSIA. E vero. E la tazza dov'è ora?

MERC. E nel baule, suggellato col sigillo d'Amfitrione.

SOSIA. E che impresa ha il sigillo?

MERC. Un Sole nascente con le quadrighe. Ma a che serve processarmi, manigoldo?

SOS. Argumentis vicit, aliud nomen quaerundum est mihi. nescio unde haec hic spectavit. iám ego hunc decipiam probe; nam quod egomet solus feci, nec quisquam alius affuit, in tabernaclo, id quidem hodie numquam poterit dicere. si tu Sosia es, legiones cum pugnabant maxume, quid in tabernaclo fecisti? victus sum, si dixeris.

[LATINO 15]

MERC. Cadus erat vini, inde implevi hírneam.

SOS. Ingressust viam.

MERC. Eam ego, ut matre fuerat natum, vini éduxi meri.

SOS. Factum est illud, ut ego illíc vini hirneam ebiberim meri. mira sunt nisi latuit intus illic in illac hirnea.

MERC. Quid nunc? vincon argumentis, te non esse Sosiam?

SOS. Tu negas med esse?

MERC. Quid ego ni negem, qui egomet siem?

SOS. Per Iovem iuro med esse neque me falsum dicere.

MERC. At ego per Mercurium iuro, tibi Iovem non credere; nam iniurato scio plus credet mihi quam iurato tibi.

SOS. Quis ego sum saltem, si non sum Sosia? te interrogo.

MERC. Vbi ego Sosia nolim esse, tu esto sane Sosia; nunc, quando ego sum, vapulabis, ni hinc abis, ignobilis.

SOS. Certe edepol, quom illum contemplo et formam cognosco meam, quem ad modum ego sum (saepe in speculum inspexi), nimis similest mei; itidem habet petasum ac vestitum: tam consimilest atque ego; sura, pes, statura, tonsus, oculi, nasum vel labra, malae, mentum, barba, collus: totus. quid verbis opust? si tergum cicatricosum, nihil hoc similist similius. sed quom cogito, equidem certo idem sum qui semper fui. novi erum, novi aedis nostras; sane sapio et sentio. non ego illi obtempero quod loquitur. pultabo foris.

MERC. Quó agis te?

S. Domum.

M. Quadrigas si nunc inscendas Iovis atque hinc fugias, ita vix poteris effugere infortunium.

[ITALIANO 15]

MERC. C era li un caratello di vino, od io ne empii una fiasca.

SOSIA. Il principio è buono.

MERC. E cosi com'era uscito dalla vite, me lo tracannai, senza un gocciol d'acqua.

SOSIA. Non ci sarebbe altro che fosse stato dentro a quella fiasca. È proprio vero che io mi tracannai quelli fiasca di vino schietto.

MERC. Ebbene, t'ho provato io che tu non sei Sosia?

SOSIA. Che non sono Sosia?

MERC. E come potresti essere, se Sosia son io?

SOSIA. Lo giuro per Giove che son Sosia, e che dico il vero.

MERC. Ed io giuro per Mercurio che Giove non ti crede. Io so bene che crede più a me, senza giurare, che a te con giuramento.

SOSIA. Almeno chi son io, se non son Sosia? Dimmelo.

MERC. Quando a me non piacerà d'esser più Sosia, allora sii pur tu. Ma ora che voglio esser lui, ti do un carico di legnate, so non esci di qui, cialtrone.

SOSIA. Eppure più che l'osservo, e più riconosco la mia figura tale e quale (che spesso mi son guardato allo specchio): il medesimo cappello, il medesimo vestito: è proprio il mio ritratto: le gambe, i piedi, la statura, la tosatura, gli occhi, il naso, i labbri, le guance, il mento, la barba, il collo, tutto: insomma se ha anche le spalle co'guidaleschi, la somiglianza non potrebbe essere più perfetta. Ma d'altra parte, quando ci penso, io sono quello stesso che sono stato sempre. Conosco il mio padrone, conosco la nostra casa; son bene in cervello e ne'sensi: non gli diamo dunque retta, e picchiamo alla porta.

MERC. Dove va'tu?

SOSIA. In casa.

MERC. Neanche se montassi sulle quadrighe di Giove e fuggissi via, potresti causare il malanno.

[LATINO 16]

SOS. Nonne erae meae nuntiare quod erus meus iussit licet?

MERC. Tuae si quid vis nuntiare: hanc nostram adire non sinam. nam si me inritassis, hodie lumbifragium hinc auferes.

SOS. Abeo potius. di immortales, obsecro vostram fidem, ubi ego perii? ubi immutatus sum? ubi ego formam perdidi? an egomet me illic reliqui, si forte oblitus fui? nám hic quidem omnem imaginem meam, quae antehac fuerat, possidet. vivo fit quod numquam quisquam mortuo faciet mihi. ibo ad portum atque haec uti sunt facta ero dicam meo; nisi etiam is quoque me ignorabit: quod ille faxit Iuppiter, ut ego hodie ráso capite calvos capiam pilleum.—

MERC. Bene próspere hoc hodie operis processit mihi: amovi a foribus maximam molestiam, patri ut liceret tuto illam amplexarier. iam ille illuc ad erum cum Amphitruonem advenerit, narrabit servom hinc sese a foribus Sosiam amovisse; ille adeo illum mentiri sibi credet, neque credet huc profectum, ut iusserat. erroris ambo ego illos et dementiae complebo atque omnem Amphitruonis familiam, adeo usque, satietatem dum capiet pater illius quám amat. igitur demum omnes scient quae facta. denique Alcumenam Iuppiter redigét antiquam coniugi in concordiam. nam Amphitruo actutum uxori turbas conciet atque insimulabit eam probri; tum meus pater eam séditionem illi in tranquillum conferet. nunc de Alcumena dudum quod dixi minus, hodie illa pariet filios geminos duos alter decumo post mense nascetur puer quam seminatust, alter mense septumo; eorum Ámphitruonis alter est, alter Iovis: verum minori puero maior est pater, minor maiori. iamne hoc scitis quid siet? sed Alcumenae huius honoris gratia pater curavit uno ut fetu fieret, uno ut labore absolvat aerumnas duas. et ne in suspicione ponatur stupriet clandestina ut celetur consuetio. quamquam, ut iam dudum dixi, resciscet tamen Amphitruo rem omnem. quid igitur? nemo id probro profecto ducet Alcumenae; nam deumnon par videtur facere, delictum suom suamque ut culpam expetere in mortalem ut sinat. orationem comprimam: crepuit foris. Amphitruo subditivos eccum exit foras cum Alcumena uxore usuraria.

[ITALIANO 16]

SOSIA. Ma dunque non potrò fare alla padrona l'imbasciata che m'ha dato il padrone?

MERC. Portala, se vuoi, alla tua padrona; ma io non permetterò che tu parli con la nostra; e se continui a irritarmi, oggi ti metto le costole in un monte.

SOSIA. Piuttosto me ne vo. Dei immortali! ma dove io son perito? dove ho fatto la mia trasfigurazione? dove ho perduto le mie sembianze? Me ne sarei forse dimenticato li? perchè costui ora possiede tutta la mia effigie che avevo innanzi. Veramente mi si fa da vivo quel che non avrei mai sperato mi si facesse da morto. Ritorno al porto per ridire al padrone tutto questo che m'è successo, seppure anche lui non mi riconosca, che Dio lo voglia, e cosi io col capo rapato potrò qui ricevere il cappello della libertà.

MERC. La cosa è andata d'incanto: ho allontanato dalla porla questo servo molestissimo, e cosi il babbo potrà godersi liberamente. Già lui appena sarà ritornato da Amfitrione, gli racconterà che un altro Sosia l'ha respinto dalla casa: il padrone crederà di certo che gli racconti novelle, e penserà che egli non sia venuto qua, secondo il comando. Io li farò calandrini tutti e due, ed anche tutta la famiglia di Amfitrione, finché il mio padre non si sarà cavata la voglia. In seguito tutto verrà in chiaro; e alla fine Giove rimpacerà il marito con la moglie. Perchè di primo tratto Amfitrione farà un gran fracasso, e accuserà la moglie d'infedeltà: ma il mio padre ridurrà a bonaccia tutta quella gran tempesta. Quanto ad Alcmena poi, dovevo già avervi detto che ella partorirà oggi due gemelli: uno che fu messo insieme nove mesi fa; l'altro, sette mesi. Il primo è di Amfitrione, il secondo di Giove. Ma il minore d'età è maggiore per il babbo, e minore il maggiore. Avete capito bene? Ma per l'onore di Alcmena Giove ha voluto che il parto succeda nello stesso tempo, o che la madre con un solo travaglio li sforni tutti e due; perchè non sia accusata di adulterio, e cosi rimanga al buio la segreta pratica di Giove con essa: sebbene, come ho detto, Amfitrione risaprà tutto. E che perciò? Nessuno certamente ne vorrà fare una colpa ad Alcmena, e non sarebbe giusto che un Dio volesse far pesare sopra un mortale il suo fallo e la sua colpa. Ma zitti; è stato picchiato alla porta. Ecco che esce il falso Amfitrione, e insiem con lui la sua moglie per queste notti.

[LATINO 17]

IVPPITER, ALCVMENA, MERCVRIVS

IVPPITER. Béne vale, Alcumena, cura rem communem, quod facis; atque inperce quaeso: menses iam tibi esse actos vides. mihi necesse est ire hinc; verum quod erit natum tollito.

ALCVMENA. Quid istuc est, mi vir, negoti, quod tu tam subito domo abeas?

IVPP. Edepol haud quod tui me neque domi distaedeat; sed ubi summus imperator non adest ad exercitum, citius quod non facto est usus fit quam quod facto est opus.

MERC. Nimis hic scitust sycophanta, qui quidem meus sit pater. observatote eum, quam blande mulieri palpabitur.

ALC. Ecastor te experior quanti facias uxorem tuam.

IVPP. Satin habes, si feminarum nulla est quam aeque diligam?

MERC. Edepol ne illa si istis rebus te sciat operam dare, ego faxim ted Amphitruonem esse malis, quam Iovem.

ALC. Experiri istuc mavellem me quam mi memorarier. prius abis quam lectus ubi cubuisti concaluit locus. heri venisti media nocte, nunc abis. hocin placet?

MERC. Accedam atque hanc appellabo et subparasitabor patri. numquam edepol quemquam mortalem credo ego uxorem suam sic ecflictim amare, proinde ut hic te ecflictim deperit.

IVPP. Carnufex, non ego te novi? ábin e conspectu meo? quid tibi hanc curatio est rem, verbero, aut muttitio? quoii ego iam hoc scipione—

ALC. Ah noli.

IVPP. Muttito modo.

MERC. Nequiter paene expedivit prima parasitatio.

[ITALIANO 17]

GIOVE, ALCMENA e MERCURIO.

GIOVE. Addio, Alcmena, continua ad aver cura delle cose nostre, e, per carita, riguardati. Sai d'essere in giorno in giorno: io bisogna che me ne vada: ma il figliuolo che nascera sia riconosciuto per mio.

ALCM. Che è ciò, marito mio, che tu debba cosi presto ripartire?

GIOVE. Certo non perchè mi sia venuto a noia o tu o la casa; ma quando un generale è lontano dall'esercito, accade sempre qualche scangèo.

MERC. (da sè). Che razza d'impostore è questo mio babbo! Guardate con che manierina e' liscia la donna.

ALCM. Affé! lo veggo alla prova quanto conto tu faccia della tua moglie.

GIOVE. Sei contenta se in tutto il mondo non c'è altra donna, che io ami al pari di te?

MERC. (c. s.). Se la tua moglie lassù si accorgesse d i queste tue scappate, ti do parola che piglieresti d'essere Amfitrione piuttosto che Giove.

ALCM. Oh io vorrei piuttosto i fatti che le parole. Tu te ne parti anche prima d'aver riscaldata la tua parte del letto. Giungesti ieri in sulla mezzanotte, e te ne vai ora: li piace egli?

MERC. (c. s.). Accostiamoci, parliamole e facciamo le parti di parasito del babbo. — Io non credo che ci sia uomo, che ami cosi perdutamente la moglie, come egli te.

GIOVE. Manigoldo, ti conosco io, levati di qui. Cosa t'occupi tu di queste faccende, e di metterci bocca? Vedi, con questo bastone...

ALCM. Non fare.

GIOVE. O parla ora. (Lo picchia.)

MERC. (da sé). La prima prova è andata piuttosto malino.

[LATINO 18]

IVPP. Verum quod tu dicis, mea uxor, non te mi irasci decet. clanculum abii a legione: operam hanc subrupui tibi, ex me primo ut prima scires, rem ut gessissem publicam. ea tibi omnia enarravi. nisi te amarem plurimum, non facerem.

MERC. Facitne ut dixi? timidam palpo percutit.

IVPP. Nunc, ne legio persentiscat, clam illuc redeundum est mihi, ne me uxorem praevertisse dicant prae re publica.

ALC. Lacrimantem ex abitu concinnas tu tuam uxorem.

IVPP. Tace, ne corrumpe oculos, redibo actutum.

ALC. Id actutum diu est.

IVPP. Non ego te hic lubens relinquo neque abeo abs te.

ALC. Sentio, nam qua nocte ad me venisti, eadem abis.

IVPP. Cur me tenes? tempus est: exire ex urbe prius quam lucescat volo. nunc tibi hanc pateram, quae dono mi illi ob virtutem data est, Pterela rex qui potitavit, quem ego mea occidi manu, Alcumena, tibi condono.

ALC. Facis ut alias res soles. ecastor condignum donum, qualest qui donum dedit.

MERC. Immo sic: condignum donum, qualest cui dono datumst.

IVPP. Pergin autem? nonne ego possum, furcifer, te perdere?

ALC. Noli amabo, Amphitruo, irasci Sosiae causa mea.

IVPP. Faciam ita ut vis.

MERC. Ex amore hic admodum quam saevos est.

[ITALIANO 18]

GIOVE. Ma quanto a quello che ora dicevi, moglie mia, bisogna che tu non ti adiri con me. Partii di nascosto dall'esercito. e rubai un po'di tempo per venire da te, affinché sapessi tu prima d'ogni altro come io condussi la guerra. Tutto ti raccontai; nè lo avrei fatto, se non ti amassi mollissimo.

MERC. Non dicevo il vero? E'la liscia quella povera donna.

GIOVE. Ora, perchè l'esercito non s'accorga della mia assenza, bisogna ch'io ritorni colà, che non si dica ch'io ho preferito la moglie allo Stato.

ALCM. Tu mi fai piangere con la tua partenza.

GIOVE. Basta, non ti sciupare gli occhi; tornerò prestissimo.

ALCM. E questo prestissimo mi parrà mill'anni.

GIOVE. Neppure io ti lascio volentieri, c mi parto da te.

ALCM. Lo veggo: difatti te ne ritorni la stessa notte che arrivasti.

GIOVE. Perchè mi ritieni? E tempo ch'io esca dalla città prima che si faccia giorno. Ora eccoti, o Alcmena, in regalo questa tazza, che mi fu donata in premio del mio valore, e che era adoperata al banchetto dal re Pterila, che io uccisi di mia mano.

ALCM. Tu non smentisci le stesso. Affé! che è pure un bel dono e degno del donatore!

MERC. Anzi è degnissimo della persona, a cui l'ha donata.

GIOVE. E seguiti, manigoldo? Ma perchè non ti posso oggi fiaccare?

ALCM. Non li sdegnare, ti prego, con Sosia per cagion mia.

GIOVE. Come tu vuoi.

MERC. (c. s.). Come l'amore l'ha reso feroce!

[LATINO 19]

I. Numquid vis?

A. Vt quom absim mé ames, me tuam te absente tamen.

MERC. Eamus, Amphitruo. lucescit hoc iam.

IVPP. Abi prae, Sosia, iam ego sequar. numquid vis?

A. Etiam: ut actutum advenias.

I. Licet, prius tuá opinione híc adero: bonum ánimum habe.— nunc te, nox, quae me mansisti, mitto uti cedas die, ut mortalis inlucescat luce clara et candida. atque quanto, nox, fuisti longior hac proxuma, tanto brevior dies ut fiat faciam, ut aeque disparet. sed dies e nocte accedat. ibo et Mercurium sequar.—

ACTVS II

AMPHITRVO, SOSIA

AMPHITRVO. Age í tu secúndum.

SOSIA. Sequór, subsequór te.

AMPH. Scelestissimum te arbitror.

SOS. Nam quam ob rem?

AMPH. Quia id quod neque est neque fuit neque futurum estmihi praedicas.

SOS. Eccere, iam tuatim facis tu, ut tuis nulla apud te fides sit.

AMPH. Quid est? quo modo? iam quidem hercle ego tibi istam scelestam, scelus, linguam abscidam.

SOS. Tuos sum, proinde ut commodumst et lubet quidque facias; tamen quin loquar haec uti facta sunt hic, numquam ullo modo me potes deterrere.

[ITALIANO 19]

GIOVE. Vuoi altro?

ALCM. Che tu, quando sarai lontano, continui ad amare tua moglie.

MERC. Amfitrione, andiamo; e'spunta il giorno.

GIOVE. Sosia, avviati; ora ti raggiungo. (Ad Alcmena.) Vuoi altro?

ALCM. Che tu ritorni subito.

GIOVE. Certo: sarò qui più presto che non pensi; sta tranquilla. — Ora, o notte, che avesti la bontà di aspettarmi, fa posto al giorno, che con la sua luce splendida e serena illumini i mortali; e di quanto più lunga fosti della notte passata, di tanto questo giorno sia più corto, compensando in tal maniera le disuguaglianze. Ora raggiungiamo Mercurio.

ATTO II

AMFITRIONE e SOSIA.

AMFITR. Tu seguimi.

SOSIA. Ti seguo.

AMFITR. Per me tu sei un tòcco di birbante.

SOSIA. In che modo?

AMFITR. Perchè mi vorresti dare ad intendere cose che non sono, che non furono, e che non potranno esser mai.

SOSIA. Ecco che, secondo il solito, non hai alcuna fiducia de'tuoi.

AMFITR. Come? Per che ragione? Ti toglierò ben io cotesto linguaggio, scellerato.

SOSIA. Sono in tuo potere; fammi pure ciò che ti pare e piace: nonostante non riuscirai in nessun modo a fare ch'io non dica ciò che è accaduto qui.

[LATINO 20]

AMPH. Scelestissime, audes mihi praedicare id, domi te esse nunc, qui hic ades?

SOS. Vera dico.

AMPH. Malum quod tibi di dabunt, atque ego hodie dabo.

SOS. Istuc tibist in manu, nam tuos sum.

AMPH. Tun me, verbero, audes erum ludificari? tune id dicere audes, quod nemo umquam homo antehac vidit nec potest fieri, tempore uno homo idem duobus locis ut simul sit?

SOS. Profecto ut loquor res ita est.

AMPH. Iuppiter te perdat.

SOS. Quid mali súm, ere, tua ex re promeritus?

AMPH. Rogasne, improbe, etiam, qui ludos facis me?

SOS. Meritó maledicás mihi, si id ita factum est.† verum haud mentior, resque uti facta dico.

AMPH. Homo hic ébrius est, ut opínor.

SOS. Égone?

AMPH. Tu istic.

SOS. Útinam ita essem.

AMPH. Tu ea optas quae facta: ubi bibisti?

SOS. Nusquam equidem bibi.

AMPH. Quid hoc sit hominis?

SOS. equidem decies dixi: domi ego sum, inquam, écquid audis? Et apud te adsum Sosia idem. satin hoc plane, satin diserte, ere, nunc videor tibi locutus esse?

[ITALIANO 20]

AMFITR. Ma come? Pretendi di darmi a credere che tu sci in casa, mentre se'qui?

SOSIA. Ti dico il vero.

AMFITR. Il malanno che Dio ti dia, e che ti darò io oggi.

SOSIA. Padrone di farlo, perchè son cosa tua.

AMFITR. E ardisci, scellerato, di prenderti giuoco del padrone, e di raccontar cose che nessuno al mondo ha vedute fin qui, e che non si possono dare, cioè che uno sia al tempo istesso in due luoghi?

SOSIA. Ti assicuro che la cosa sta come ti dico.

AMFITR. Che ti mangi il canchero!

SOSIA. Ma che male ho commesso contro di te, padrone?

AMFITR. Lo domandi, scellerato, che ti pigli anche giuoco di me?

SOSIA. Mandami pure imprecazioni, se ciò ch'io dico non è vero. Ma io so che non mentisco, e racconto quello che è successo.

AMFITR. Credo che sia ubriaco costui.

SOSIA. Io?

AMFITR. Tu si.

SOSIA. Dio lo volesse!

AMFITR. Desideri ciò che è avvenuto. Dove bevesti?

SOSIA. Io? in nessun luogo.

AMFITR. Ma che razza d'uomo è costui?

SOSIA. Te l'ho detto dieci volte. Io sono ora in casa (sta attento) e sono al tempo stesso al tuo fianco. Mi sono spiegato bene e chiaramente questa volta, padrone?

[LATINO 21]

AMPH. Vah, ápage te a me.

SOS. Quíd est negoti?

AMPH. Péstis te tenet.

SOS. Nám quor istuc dicis? equidem valeo et salvos sum recte, Amphitruo.

AMPH. At te ego faciam hodie proinde ac meritus es, ut minus valeas et miser sis, salvos domum si rediero: iam sequere sis, erum qui ludificas dictis delirantibus, qui quoniam erus quod imperavit neglexisti persequi, nunc venis etiam ultro inrisum dominum: quae neque fieri possunt neque fando umquam accepit quisquam profers, carnifex; quoius ego hodie in tergum faxo ista expetant mendacia.

SOS. Amphitruo, miserrima istaec miseria est servo bono, apud erum qui vera loquitur, si id vi verum vincitur.

AMPH. Quo id, malum, pacto potest nam (mecum argumentis puta) fieri, nunc uti tu et hic sis et domi? id dici volo.

SOS. Sum profecto et hic et illíc. hoc cuivis mirari licet, neque tibi istuc mirum ... mágis videtur quam mihi.

AMPH. Quo modo?

S. Nihilo, inquam, mirum magis tibi istuc quam mihi; neque, ita me di ament, credebam primo mihimet Sosiae, donec Sosia illic egomet fecit sibi uti crederem. ordine omne, uti quicque actum est, dúm apud hostis sedimus, edissertavit. tum formam una abstulit cum nomine. neque lac lactis magis est simile quam ille ego similest mei. nam ut dudum ante lucem a portu me praemisisti domum—

A. Quid igitur?

S. Prius multo ante aedis stabam quam illo adveneram.

[ITALIANO 21]

AMFITR. Fuggi lontano da me.

SOSIA. In che modo?

AMFITR. Qualche malaccio devi avere addosso.

SOSIA. Perchè dici questo? lo so di star bene di mente e di corpo.

AMFITR. Ma io oggi, se ritorno sano e salvo a casa, ti farò star male, come ti meriti. — Animo, seguimi, e continua a mettere in mezzo il padróne co'tuoi sogni. Perchè non facesti quanto egli ti disse, ora cerchi di pigliarne spasso, inventando cose impossibili e che nessuno ha mai udite. Ma tutte coleste bugie le dovrai pagare oggi con la tua schiena.

SOSIA. Amfitrione, il peggio per un povero servo galantuomo e che dice la verità al suo padrone è di avere il torto, perché egli è più debole.

AMFITR. Ma, disconiamola un po', in qual maniera può accadere che tu sia al tempo stesso qui e in casa? Sentiamo.

SOSIA. Io sono certamente e qui e lì. Ciascuno ne può fare le meraviglie, e a me non riesce meno meraviglioso che a te.

AMFITR. In qual modo?

SOSIA. No, che non può dare più meraviglia a te che a me. E da principio ti giuro che non volevo credere a me Sosia, fino a tanto che quell'altro io non mi costrinse a prestargli fede. Egli raccontò per filo e per segno tutto ciò che avvenne quando eravamo di fronte al nemico. Veramente e'm'ha rubato l'effigie e il nome, perchè due gocciole d'acqua non possono essere più simili, che quell'altro io e me. Difatti appena innanzi giorno mi mandasti qua dal porto.

AMFITR. Che avvenne?

SOSIA. Io me ne stava da molto tempo innanzi a questa casa.

[LATINO 22]

AMPH. Quas, malum, nugás? satin tu sanus es?

SOS. Sic sum ut vides.

AMPH. Huic homini nescio quid est mali mala obiectum manu, postquam a me abiit.

SOS. Fateor, nam sum obtusus pugnis pessume.

AMPH. Quis te verberavit?

SOS. Egomet memet, qui nunc sum domi.

AMPH. Cave quicquam, nisi quod rogabo te, mihi responderis. omnium primum iste qui sit Sosia, hoc dici volo.

SOS. Tuos est servos.

AMPH. Mihi quidem uno te plus etiam est quam volo, neque postquam sum natus habui nisi te servom Sosiam.

SOS. At ego nunc, Amphitruo, dico: Sosiam servom tuom praeter me alterum, inquam, adveniens faciam ut offendas domi, Davo prognatum patre eodem quo égo sum, forma, aetate item qua égo sum. quid opust verbis? geminus Sosia hic factust tibi.

AMPH. Nimia memoras mira. sed vidistin uxorem meam?

S. Quin intro ire in aedis numquam licitum est.

A. Quis te prohibuit?

SOS. Sosia ille, quem iam dudum dico, is qui me contudit.

AMPH. Quis istic Sosia est?

SOS. Ego, inquam. quotiens dicendum est tibi?

AMPH. Sed quid ais? num obdormivisti dudum?

[ITALIANO 22]

AMFITR. Ma che novelle son queste? Sei pazzo tu?

SOSIA. Son come tu vedi.

AMFITR. A quest'uomo, dopoché si fu partito da me, deve essere stata fatta qualche stregoneria.

SOSIA. Altro che stregoneria! son tutto pesto dai pugni.

AMFITR. E chi te li dètte?

SOSIA. Io che ora sono in casa.

AMFITR. Bada di rispondermi altro che quello, di cui t'interrogherò. Prima di tutto, chi ò cotcsl'altro Sosia?

SOSIA. Un tuo servo.

AMFITR. A me mi basta e me ne avanza di te solo: e da che sono al mondo, non ho avuto per servo altro Sosia che te.

SOSIA. Ma io ti dico, padrone, che ti farò trovare in casa, appena tu arrivi, oltre a me, un altro Sosia, nato dello stesso Davo che io, della stessa mia figura ed età. Discorsi corti: questo tuo Sosia di uno è diventalo due.

AMFITR. Tu mi racconti cose incredibili. Ma la vedesti la mia moglie?

SOSIA. E'non mi lasciò a nessun patto mettere un piede in casa.

AMFITR. E chi te lo impedì?

SOSIA. Quel Sosia, di cui s'è discorso tanto; quello che mi picchiò.

AMFITR. E chi ò cotesto Sosia?

SOSIA. Io: ma quanto volte te l'ho a ripetere?

AMFITR. Ma hai forse dormilo?

[LATINO 23]

SOS. Nusquam gentium.

AMPH. Ibi forte istum si vidisses quendam in somnis Sosiam—

SOS. Non soleo ego somniculose éri imperia persequi. vigilans vidi, vigilans nunc te video, vigilans fabulor, vigilantem ille me iam dudum vigilans pugnis contudit.

AMPH. Quis homo?

SOS. Sosia, inquam, ego ille. quaeso, nonne intellegis?

AMPH. Qui, malum, intellegere quisquam potis est? ita nugas blatis.

SOS. Verum actutum nosces

AMPH. Quom?

SOS. Illum nosces servom Sosiam.

AMPH. Sequere hac igitur me, nam mi istuc primum exquisito est opus. sed vide ex navi efferantur quae imperavi iam omnia.

SOS. Et memor sum et diligens, ut quae imperes compareant; non ego cum vino simitu ébibi imperium tuom.

AMPH. Vtinam di faxint, infecta dicta re eveniant tua.

[ITALIANO 23]

SOSIA. Ti pare!

AMFITR. Ed hai veduto in sogno un qualche altro Sosia?

SOSIA, lo non son solito di fare dormendo i comandi del padrone. Lo vidi a occhi aperti, come ora veggo te, come a occhi aperti discorro con te; e lui bene sveglio empì di pugni me sveglio.

AMFITR. Chi lui?

SOSIA. Quell'altro io Sosia: ma che non intendi?

AMFITR. Eh via, come si fa ad intendere coteste baggianate?

SOSIA. Ma fra poco lo conoscerai da te.

AMFITR. Chi?

SOSIA. Quell'altro Sosia.

AMFITR. Entriamo in casa, perché voglio subito accertarmene. Tu fa portare dalla nave tutto quello che ho detto.

SOSIA. Me ne ricordo io bene; tutto sarà qui. Non mi son mica bevuti insicm col vino i tuoi comandi.

AMFITR. Faccia Dio che quel che m'hai detto non s'avveri!

[LATINO 24]

ALCVMENA, (THESSALA.), AMPHITRVO, SOSIA

ALCVMENA. Satín parva rés est volúptatum in víta atque in aétate agúnda praequám quod moléstum est? ita cuíque comparátum est in aétate hominum; ita dívis est plácitum, volúptatem ut maéror comés consequátur: quin íncommodí plus malíque ilico ádsit, boní si optigít quid. nam ego íd nunc expérior domo átque ipsa dé me sció, cui volúptas parúmper datást, dum virí mei míhi potéstas vidéndi fuit noctem únam modo; átque is repénte abiit á me hinc ánte lucem. sola híc mihi nunc vídeor, quia ílle hinc abést quem ego amó praeter omnes. plus aégri ex ábitu virí, quam ex advéntu volúptatis cépi. sed hóc me beát saltém, quom perduéllis vicít et domúm laudis cómpos revénit: id sólacio est. absít, dum modó laude párta domúm recipiát se; feram ét perferam úsque abitum éius ánimo forti átque offirmáto, id módo si mercédis datúr mi, ut meús victor vír belli clúeat. satis mi esse ducam. virtús praemium ést optimúm; virtús omnibús rebus ánteit profécto: libértas salús vita rés et paréntes, patria ét prognáti tutántur, servántur: virtús omnia ín sese habét, omnia ádsunt bona quém penest vírtus.

AMPH. Édepol me uxori éxoptatum crédo adventurúm domum, quae me amat, quam contra amo, praesertim re gesta bene, victis hostibus: quos nemo posse superari ratust, eos auspicio meo atque ductu primo coetu vicimus. certe enim méd illi expectatum optato venturum scio.

SOS. Quid? me non rere expectatum amicae venturum meae?

ALC. Meus vir hic quidem est.

AMPH. Séquere hac tu me.

ALC. Nam quid ille revortitur qui dudum properare se aibat? án ille me temptat sciens atque id se volt experiri, suom abitum ut desiderem? ecastor med haud invita se domum recipit suam.

SOS. Amphitruo, redire ad navem meliust nos.

AMPH. Qua gratia?

[ITALIANO 24]

ALCMENA (TESSULA), AMFITRIONE e SOSIA.

ALCM. Veramente ben poca cosa sono i piaceri nella vita appetto ai dispiaceri: tale è il destino degli uomini; cosi hanno disposto gli Dei, che a un piacere tenga subito dietro un dispiacere; e anzi. se abbiamo un momento di bene, che lo dobbiamo pagar salato, lo ne fo la prova in me stessa, nella mia casa; perchè avendo avuto la consolazione di starmene col mio marito per questa sola notte, ora e'me lo vedo partire di nuovo prima che raggiorni. A me par d'essere qui sola, essendo lontano colui che amo tanto. Ecco che, per un po'di dolce per la sua venuta, ora provo molto amaro per la sua partenza. Ma mi consola che egli vinse i nemici, e tornò glorioso in patria. Stia pur lontano, purché ritorni coperto di gloria. lo porterò e sopporterò con animo Torte e costante la sua lontananza: purché mi si dia in premio che il mio marito sia celebrato come vincitore dei nemici, io sarò contenta. Il valore è il più gran dono; esso va innanzi certamente a qualunque altra cosa; per esso la libertà, la pubblica salute, la vita, le sostanze, i genitori, la patria e i figliuoli sono difesi, salvati: il valore abbraccia in sé tutte le cose; ha tutti i beni chi ha valore.

AMFITR. Sono sicuro che il mio ritorno è desiderato dalla mia sposa, che mi vuol bene, come io ne voglio a lei; specialmente avendo condotto a buon termine l'impresa, e vinto un nemico che nessuno credeva potesse vincersi. Il mio arrivo è dunque da lei aspettato e bramato.

SOSIA. E il mio ritorno non credi tu che sia aspettato dalla mia bella?

ALCM. (da sè). Questo è il mio marito!

AMFITR. (a Sosia). Andiamo qua.

ALCM. (c. s.). O perchè ritorna egli, che aveva tanta fretta? Forse lo fa a posta, per vedere se io desideri la sua partenza, e mettere alla prova la mia fede. Se egli ritorna, davvero che il suo ritorno non mi fa punto dispiacere.

SOSIA. Padrone, sarebbe meglio ritornare a bordo.

AMFITR. Perchè?

[LATINO 25]

SOS. Quia domi daturus nemo est prandium advenientibus.

AM. Qui tibi nunc istuc in mentemst?

S. Quia enim sero advenimus.

AMPH. Qui?

SOS. Quia Alcumenam ante aedis stare saturam intellego.

AMPH. Gravidam ego illanc hic reliqui quóm abeo.

SOS. Ei perii miser.

AM. Quid tibi est?

S. Ad aquam praebendam commodum adveni domum, decumo post mense, ut rationem te putare intellego.

AM. Bono animo es.

S. Scin quam bono animo sim? si situlam cepero, numquam edepol tu mihi divini creduis post hunc diem, ní ego illi puteo, si occepso, ánimam omnem intertraxero.

AMPH. Sequere hac me modo; alium ego isti rei allegabo, ne time.

AL. Magis nunc me meum officium facere, si huic eam advorsum, arbitror.

AMPH. Amphitruo uxorem salutat laetus speratam suam, quam omnium Thebis vir unam esse optimam diiudicat, quamque adeo cives Thebani vero rumiferant probam. valuistin usque? exspectatun advenio?

SOS. Haud vidi magis. exspectatum eum salutat magis haud quicquam quam canem.

[ITALIANO 25]

SOSIA. Perchè al nostro arrivo non ci sara nessuno che ci metta a tavola.

AMFITR. E in che modo t'è venuta in capo questa cosa?

SOSIA. Perchè arriviamo troppo tardi.

AMFITR. Ragione?

SOSIA. O non la vedi la moglie dinanzi casa, che l'è piena?

AMFITR. La lasciai gravida prima di partire.

SOSIA. Oh povero me!

AMFITR. Che hai?

SOSIA. Arrivo proprio in tempo per attinger l'acqua, dacché, al conto che tu fai, dev'essere di giorno in giorno.

AMFITR. Sta tranquillo.

SOSIA. Altro che tranquillo! Dammi in mano la secchia, e se mi ci metto, non mi credere neanche un' orazione. se al pozzo non gli estraggo l'anima.

AMFITR. Vienmi dietro: darò a un altro colesto incarico; sta cheto.

ALCM. (c. s.). Credo che sarebbe più conveniente che io gli andassi incontro.

AMFITR. Salute a te, moglie mia; la migliore delle spose di Tebe, che lutti i Tebani portano in palma di mano: sei stata sempre bene? sci contenta che il tuo marito sia tornato?

SOSIA (da sé). Non ho visto mai accoglienza più cordiale! Lo riceve come si riceverebbe un cane.

[LATINO 26]

AM. Et quom te gravidam et quom te pulchre plenam aspicio, gaudeo.

ALC. Obsecro ecastor, quid tu me deridiculi gratia sic salutas atque appellas, quasi dudum non videris quasique nunc primum recipias te domum huc ex hostibus? atque me nunc proinde appellas quasi multo post videris?

AMPH. Immo equidem te nisi nunc hodie nusquam vidi gentium.

ALC. Cur negas?

AM. Quia vera didici dicere.

AL. Haud aequom facitqui quod didicit id dediscit. an periclitamini quid animi habeam? sed quid huc vos revortimini tam cito? an te auspicium commoratum est an tempestas continet qui non abiisti ad legiones, ita uti dudum dixeras?

AM. Dudum? quam dudum istuc factum est?

AL. Temptas. iam dudum, modo.

AMPH. Qui istuc potis est fieri, quaeso, ut dicis: iam dudum, modo?

ALC. Quid enim censes? te ut deludam contra lusorem meum, qui nunc primum te advenisse dicas, modo qui hinc abieris.

AMPH. Haec quidem deliramenta loquitur.

SOS. Paulisper mane, dum edormiscat unum somnum.

AMPH. Quaene vigilans somniat?

ALC. Equidem ecastor vigilo, et vigilans id quod factum est fabulor. nam dudum ante lucem et istunc et te vidi.

AMPH. Quo in loco?

AL. Hic in aedibús ubi tu habitas.

AM. Numquam factum est.

[ITALIANO 26]

AMFITR. Mi rallegro di vederti incinta e assai grossa.

ALCM. Di grazia, perchè ti pigli giuoco di me con cotesti saluti, come fosse un secolo che non mi hai visto, e ora per la prima volta ritornassi a casa dalla guerra; e mi fai domande, quasi che non m'avessi veduta da gran tempo?

AMFITR. Ma io oggi non t'ho veduta in alcun luogo, da ora in fuori.

ALCM. Neghi tu?

AMFITR. Nego, perchè ho imparato a dire il vero.

ALCM. Chi ha imparato una cosa, non fa bene a disimpararla. Voi volete mettermi alla prova. Ma, dite, perchè siete tornati cosi presto? Qualche sinistro augurio ti trattiene la partenza? Forse il mare è in tempesta? Perchè non sei tornato all' esercito, come mi dicesti poco fa?

AMFITR. Poco fa? Ma quando è stato questo poco fa?

ALCM. Tu vuoi sperimentarmi: poco tempo fa, dianzi, ora.

AMFITR. E come può stare quello che dici? poco tempo fa, dianzi?

ALCM. Fo anch'io per pigliarmi giuoco di te, che dici di arrivare ora per la prima volta, mentre ripartisti poco fa.

AMFITR. (a Sosia). Ma costei ha il farnetico.

SOSIA. Aspetta un po', che abbia fatto almeno un sonno.

AMFITR. Eppure sogna a occhi aperti.

ALCM. Io sono ben desta, e racconto da desta quello che è avvenuto, lo ho veduto innanzi giorno te e costui.

AMFITR. In qual luogo?

ALCM. Qui in casa tua.

AMFITR. Mai più!

[LATINO 27]

S. Non taces? quid si e portu navis huc nos dormientis detulit?

AMPH. Etiam tu quoque adsentaris húic?

SOS. Quid vis fieri? non tu scis? Bacchae bacchanti si velis advorsarier, ex insana insaniorem facies, feriet saepius; si obsequare, una resolvas plaga.

AMPH. At pol qui certa res hanc est obiurgare, quae me hódie advenientem domum noluerit salutare.

SOS. Inritabis crabrones.

AMPH. Tace. Alcumena, unum rogare te volo.

ALC. Quid vis roga.

AMPH. Num tibi aut stultitia accessit aut superat superbia?

ALC. Qui istuc in mentemst tibi ex me, mi vir, percontarier?

AMPH. Quia salutare advenientem me solebas antidhac, appellare, itidem ut pudicae suos viros quae sunt solent. eo more expertem te factam adveniens offendi domi.

ALC. Ecastor equidem te certo heri advenientem ílico, et salutavi et valuissesne usque exquisivi simul, mi vir, et manum prehendi et osculum tetuli tibi.

SOS. Tun heri hunc salutavisti?

ALC. Et te quoque etiam, Sosia.

SOS. Amphitruo, speravi ego istam tibi parituram filium; verum non est puero gravida.

AMPH. Quid igitur?

SOS. Insania.

[ITALIANO 27]

SOSIA. Aspetta: non potrebb' essere che, mentre dormivamo nel porto, la nave ci avesse condotti qua?

AMFITR. E anche tu gli tieni bordone?

SOSIA. Che vuoi tu? se contrarii una baccante in furore, di matta diventa matta spiritata, e più colpi t'appiccica; mentre se la pigli con le buono, con un colpo solo si rimanda.

AMFITR. Ma io però la voglio sgridare d'avermi fatta cosi mala accoglienza.

SOSIA. Stuzzicherai il vespaio.

AMFITR. Chetati. — Alcmena! senti.

ALCM. Domanda pure.

AMFITR. Dimmi: hai perduta la ragione, oppure t'è entrato addosso il diavolo della superbia?

ALCM. E che ti salta in capo di farmi questa domanda?

AMFITR. Perchè per l'addietro eri solita ricevermi bene, parlarmi spesso, come una moglie di garbo deve far col marito. Ma oggi ti trovo tutta cambiata.

ALCM. Ma io, quando ieri tornasti, subito li venni incontro, e ti domandai se eri stato sempre bene; e ti presi per la mano e ti baciai.

SOSIA. Tu lo vedesti ieri?

ALCM. Ed anche te, Sosia.

SOSIA. Amfitrione, io credetti che lei ti dovesse partorire un bel maschio: ma pur troppo non è gravida di un bambino.

AMFITR. O di che dunque?

SOSIA. Di pazzia.

[LATINO 28]

ALC. Equidem sana sum et deos quaeso, ut salva pariam filium. verum tu malum mágnum habebis, si hic suom officium facit: ob istuc omen, ominator, capies quod te condecet.

SOS. Enim vero praegnati oportet et malum et malum dari, ut quod obrodat sit, animo si male esse occeperit.

AMPH. Tu me heri hic vidisti?

ALC. Ego, inquam, si vis decies dicere.

AM. In somnis fortasse.

AL. Immo vígilans vigilantem.

AM. Ei misero mihi.

SOS. Quid tibi est?

AMPH. Delirat uxor.

SOS. Atra bili percita est. nulla res tam delirantis homines concinnat cito.

AMPH. Vbi primum tibi sensisti, mulier, impliciscier?

ALC. Equidem ecastor sana et salva sum.

AMPH. Quor igitur praedicas, té heri me vidisse, qui hac noctu in portum advecti sumus? ibi cenavi atque ibi quievi in navi noctem perpetem, neque meum pedem huc íntuli etiam in aedis, ut cum exercitu hinc profectus sum ad Teloboas hostis eosque ut vicimus.

ALC. Immo mecum cenavisti et mecum cubuisti.

AMPH. Quid est?

ALC. Vera dico.

AMPH. Non de hac quidem hercle re; de áliis nescio.

ALC. Primulo diluculo abiisti ad legiones.

AMPH. Quo modo?

[ITALIANO 28]

ALCM. lo son bene in me, e con l'aiuto degli Dei partorirò un figlio. Ma lui, se saprà il suo dovere, ti darà ciò che ti meriti; e tu, uccellaccio del malaugurio, avrai le cotogne.

SOSIA. Le cotogne si danno a mangiare alle donne gravide, perchè si riabbiano, se vien loro uno svenimento.

AMFITR. Ma proprio mi vedesti ieri qui?

ALCM. Ti risponderei di si, anche se me lo domandassi dieci volte.

AMFITR. In sogno forse?

ALCM. Sveglia come te.

AMFITR. Oh pover a me!

SOSIA. Che cos' hai?

AMFITR. La mia moglie è pazza..

SOSIA. Forse l'è attaccata dall' atrabile. Non c' è malattia che renda le persone pazze cosi presto, come questa.

AMFITR. E quando hai avvertito i primi sintomi di questo male?

ALCM. Ma io, in verità, son sana di mente e di corpo.

AMFITR. O dunque perchè mi dici d'avermi visto ieri, mentre siamo arrivati in porto questa notte? Cenai li, e li passai a bordo della nave l'intera notte, e non ho mai rimesso piede in casa fin da quando partii con l' esercito contro i Teleboi, che abbiamo già vinti.

ALCM. Anzi mangiasti meco, e poi andammo a letto

AMFITR. Che?

ALCM. Dico il vero.

AMFITR. Ma in questo no certo; in altro non so.

ALCM. Alla prima alba ve ne ritornaste al campo.

AMFITR. Come?

[LATINO 29]

SOS. Recte dicit, ut commeminit: somnium narrat tibi. sed, mulier, postquam experrecta es, te prodigiali Iovi aut mola salsa hodie aut ture comprecatam oportuit.

ALC. Vae capiti tuó.

SOS. Tua istuc refert—si curaveris.

ALC. Iterum iám hic in me inclementer dicit, atque id sine malo.

AMPH. Tace tu. tu dic: egone abs te abii hinc hodie cum diluculo?

ALC. Quis igitur nisi vos narravit mi, illi ut fuerit proelium?

AM. An etiam id tu scis?

AL. Quippe qui éx te audivi, ut urbem maximam expugnavisses regemque Pterelam tute occideris.

AMPH. Egone istuc dixi?

ALC. Tute istic, etiam adstante hoc Sosia.

AMPH. Audivistin tu me narrare haec hodie?

SOS. Vbi ego audiverim?

AM. Hanc roga.

S. Me quidem praesente numquam factum est, quod sciam.

ALC. Mirum quin te adversus dicat.

AMPH. Sosia, age me huc aspice.

SOS. Specto.

AMPH. Vera volo loqui te, nolo adsentari mihi. audivistin tu hodie me illi dicere ea quae illa autumat?

SOS. Quaeso edepol, num tu quoque etiam insanis, quom id me interrogas, qui ipsus equidem nunc primum istanc tecum conspicio simul?

[ITALIANO 29]

SOSIA. Lasciala dire, che dice bene: ti racconta un sogno, come se lo ricorda. (Ad Alcmena.) Però tu avresti fatto bene, appena svegliata, d'invocare Giove scacciasogni, e offrirgli l'incenso e la capaccia salata.

ALCM. Guai a te!

SOSIA. A guai bisogna che tu ci pensi tu.

ALCM. E'm'offende ancora impunemente.

AMFITR. Zitto tu. — Io mi partii da te oggi alla prim'alba?

ALCM. E chi, se non voialtri due, mi racconti come è andata la guerra?

AMFITR. Come? tu già lo sai?

ALCM. Ma se me l'hai detto tu; e che avevi espugnato una gran città, e ucciso di tua mano il re Pterela.

AMFITR. Io t'ho detto questo?

ALCM. Tu, tu, e alla presenza qui di Sosia.

AMFITR. (a Sosia). M'hai tu mai sentito raccontar questo oggi?

SOSIA. E dove vuoi tu che t'abbia sentito?

AMFITR. Domandalo a lei.

SOSIA. Alla mia presenza almeno, non l'hai raccontato. ch' io sappia.

ALCM. (ad Amfitrione). Mi fa meraviglia che non li sbugiardi.

AMFITR. Sosia, a noi: guardami in faccia.

SOSIA. Ecco.

AMFITR. Voglio che tu dica il vero, e che non badi a me. M'hai sentito oggi raccontare a lei ciò che dice aver udito da me?

SOSIA. Ma che anche tu hai dato nelle girelle a farmi queste domande? O non la vedo anch' io, come te, ora per la prima volta?

[LATINO 30]

AM. Quid nunc, mulier? audin illum?

AL. Ego véro, ac falsum dicere.

AMPH. Neque tu illi neque mihi viro ipsi credis?

ALC. Eo fit quia mihi plurimum credo et scio istaec facta proinde ut proloquor.

AM. Tun me heri advenisse dicis?

AL. Tun te abiisse hodie hinc negas?

AMPH. Nego enim vero, et me advenire nunc primum aio ad te domum.

ALC. Obsecro, etiamne hoc negabis, te auream pateram mihi dédisse dono hodié, qua te illi donatum esse dixeras?

AMPH. Neque edepol dedi neque dixi; verum ita animatus fui itaque nunc sum, ut ea te patera donem. sed quis istúc tibi dixit?

ALC. Ego equidem ex te audivi et ex tua accepi manu pateram.

AMPH. Mane, mane, obsecro te. nimis demiror, Sosia, qui illaec illic me donatum esse aurea patera sciat, nisi tu dudum hanc convenisti et narravisti haec omnia.

SOS. Neque edepol ego dixi neque istam vidi nisi tecum simul.

AM. Quid hoc sit hominis?

AL. Vin proferri pateram?

AM. Proferri volo.

ALC. Fiat. heus tu, Thessala, intus pateram proferto foras, qua hódie meus vir donavit me.

[ITALIANO 30]

AMFITR. (ad Alcmena.) Lo senti?

ALCM. Lo sento, e dico che è un bugiardo.

AMFITR. Ma dunque non vuoi credere nè a lui nè a me?

ALCM. No: perchè credo più a me stessa, e so che quel che dico è il vero.

AMFITR. E dici che tomai ieri?

ALCM. E neghi di essere oggi ripartilo?

AMFITR. Lo nego di sicuro; e sostengo che oggi per la prima volta torno da te.

ALCM. Di grazia, negheresti ancora di avermi regalato oggi la tazza d'oro, che dicesti essere stata regalata a te da'Teleboi?

AMFITR. IO non t'ho dato nulla, nè t'ho detto nulla: ma avevo fatto il pensiero, e lo mantengo ancora, di farti questo regalo. Ma chi ti disse ciò?

ALCM. Chi? tu, e dalle tue mani ricevei la tazza.

AMFITR. Aspetta, di grazia, un poco. (A Sosia.) Ma come diavolo può avere saputo che io le ho destinato in dono una tazza d'oro, se tu non le hai parlato, e non le hai detto ogni cosa?

SOSIA. E io ti giuro che non le ho detto niente, e che la vedo ora per la prima volta come te.

AMFITR. (da sè). Ma che uomo è costui?

ALCM. Vuoi che faccia portar fuori la tazza?

AMFITR. Volentieri.

ALCM. Presto servito. — Tessula, porta qui fuori quella tazza che oggi mi ha regalata il mio sposo.

[LATINO 31]

AMPH. Secede huc tu, Sosia, enim vero illud praeter alia mira miror maxime, si haec habet páteram illam.

SOS. An etiam credis id, quae in hac cistellulatuo signo obsignata fertur?

AMPH. Salvom signum est?

SOS. Inspice.

AMPH. Recte, ita est ut obsignavi.

SOS. Quaeso, quin tu istanc iubes pro cerrita circumferri?

AMPH. Edepol qui facto est opus; nam haec quidem edepol laruarum plenast.

ALC. Quid verbis opust? em tibi pateram, eccam.

AM. Cedo mi.

ALC. Age aspice huc sis nunciam tu qui quae facta infitiare; quem égo iam hic convincam palam. estne haec patera, qua donatu's illi?

AMPH. Summe Iuppiter, quid ego video? haec ea est profecto patera. perii, Sosia.

SOS. Aut pol haec praestigiatrix multo mulier maxima est aut pateram hic inesse oportet.

AMPH. Agedum, exsolve cistulam.

SOS. Quid ego istam exsolvam? obsignatast recte, res gesta est bene: tu peperisti Ámphitruonem, ego alium peperi Sosiam; nunc si patera pateram peperit, omnes congeminavimus.

AMPH. Certum est aperire atque inspicere.

SOS. Vide sis signi quid siet, ne posterius in me culpam conferas.

[ITALIANO 31]

AMFITR. Sosia, fatti in costà. O questo poi sarebbe il miracolo più grosso, se costei ha davvero la tazza.

SOSIA. Sta a vedere che crederesti che sia la tazza, che è sempre qui nel baule suggellato col tuo sigillo.

AMFITR. È sempre intatto?

SOSIA. Guarda.

AMFITR. Va bene: cosi, come lo sigillai io.

SOSIA. Ma perchè non la fai portare in giro come una spiritata?

AMFITR. Bisognerà pure far cosi, perchè ha in corpo una legione di spiriti.

ALCM. Discorsi corti: eccoti la tazza.

AMFITR. Mostra.

ALCM. Osservala pure, e nega, se puoi, i fatti. T'ho io convinto? E o non è la tazza che ricevesti in dono là tra' nemici?

AMFITR. Dio eterno! che veggo! É senza dubbio. Sosia, sono spacciato.

SOSIA. O costei è la regina delle streghe, o la tazza dev' esser qui nel baule.

AMFITR. Presto, apri.

SOSIA. Ma che aprire? O non vedi che è ben sigillato? La cosa va d'incanto: tu hai partorito un altro Amfitrione, com'io un altro Sosia; e se anche la tazza ha partorito un'altra tazza, eccoci raddoppiati tutti.

AMFITR. Ma io voglio aprire e vedere.

SOSIA. Osserva prima bene il sigillo, in che stato è, perchè poi non vo' colpe.

[LATINO 32]

AMPH. Aperi modo; nam haec quidem nos delirantis facere dictis postulat.

ALC. Vnde haec igitur est nisi abs te quae mihi dono data est?

AMPH. Opus mi est istuc exquisito.

SOS. Iuppiter, pro Iuppiter.

AM. Quid tibi est?

S. Hic patera nulla in cistulast.

AM. Quid ego audio?

SOS. Id quod verúmst.

AMPH. At cum cruciatu iam, nisi apparet, tuo.

AL. Haec quidem apparet.

AM. Quis igitur tibi dedit?

AL. Qui me rogat.

SOS. Me captas, quia tute ab navi clanculum huc alia via praecucurristi, atque hinc pateram tute exemisti atque eam huic dedisti, post hanc rursum óbsignasti clanculum.

AMPH. Ei mihi, iam tu quoque huius adiuvas insaniam? ain heri nos advenisse huc?

ALC. Aio, adveniensque ilico me salutavisti, et ego te, et osculum tetuli tibi.

SOS. Iam illud non placet principium de osculo.

AMPH. Perge exsequi.

ALC. Lavisti.

[ITALIANO 32]

AMFITR. Apri, ti dico: perchè costei vorrebbe farci passare per duo pazzi.

ALCM. Ma chi me la può aver data, so non tu?

AMFITR. Ho bisogno di sincerarmi.

SOSIA. Giove! Giove!

AMFITR. Che hai?

SOSIA. La tazza non c'è più.

AMFITR. Che sento!

SOSIA. La verità.

AMFITR. Povero a te, se non comparisce!

ALCM. Ma se eccola qui.

AMFITR. O dunque chi te la détte?

ALCM. Chi me lo domanda.

SOSIA. Ah ti vuoi pigliar giuoco di me? Ho capito: zitto e cheto ti partisti dalla nave, e per un'altra strada arrivasti qua prima di me, e le regalasti la tazza che avevi levata dal baule, e poi tornasti a risigillarlo di nascosto.

AMFITR. O pover a me! anche tu dài di spalla alla sua pazzia? (Ad Alcmena.) Tu dici che ieri giungemmo qui?

ALCM. Sicuramente; e dico ancora che appena giunto mi salutasti, ed io ti venni incontro e ti baciai.

SOSIA (da sè). Lo baciò? brutto principio.

AMFITR. Continua.

ALCM. Poi ti desti una bagnata.

[LATINO 33]

AM. Quid postquam lavi?

AL. Accubuisti.

S. Euge optime. nunc exquire.

AMPH. Ne interpella. perge porro dicere.

ALC. Cena adposita est; cenavisti mecum, ego accubui simul.

AMPH. In eodem lectó?

ALC. In eodem.

SOS. Ei, non placet convivium.

AMPH. Sine modo argumenta dicat. quid postquam cenavimus?

ALC. Te dormitare aibas; mensa ablata est, cubitum hinc abiimus.

AMPH. Vbi tu cubuisti?

ALC. In eodem lectó tecum una in cubiculo.

AM. Perdidisti.

SOS. Quid tibi est?

AM. Haec me modo ad mortem dedit.

SOS. Quid iam, amabo?

AM. Ne me appella.

S. Quid tibi est?

A. Perii miser, quia pudicitiae huius vitium me hinc absente est additum.

ALC. Obsecro ecastor, cur istuc, mi vir, ex ted audio?

[ITALIANO 33]

AMFITR. E dopo?

ALCM. Ti mettesti a tavola.

SOSIA (c. s.). Benissimo, a meraviglia: continua pure a domandare.

AMFITR. (a Sosia). Tu non interrompere. (Ad Alcmena.) Seguita.

ALCM. Fu messo in tavola: cenammo insieme; io accanto a te.

AMFITR. Nel medesimo letto?

ALCM. Nel medesimo.

SOSIA (c. s.). É una cena che non mi garba.

AMFITR. (a Sosia). Lascia che dia tutte le prove. (Ad Alcmena.) E dopo cena?

ALCM. Dicevi d'aver sonno. Fu sparecchiato: ce n'andammo a riposare.

AMFITR. E dove andasti tu?

ALCM. In camera, insiem con te nello stesso letto.

AMFITR. L'ho avuta!

SOSIA. Che c' è?

AMFITR. Costei m'ha ucciso.

SOSIA. In che modo di grazia?

AMFITR. Non me no domandare.

SOSIA. Ma che cosa hai?

AMFITR. O poveretto me! nella mia lontananza s'è ella disonorata.

ALCM. Marito mio, che discorso è egli cotesto?

[LATINO 34]

AMPH. Vir ego tuos sim? ne me appella, falsa, falso nomine.

SOS. Haeret haec res, si quidem haec iam mulier facta est ex viro.

ALC. Quid ego feci, qua istaec propter dicta dicantur mihi?

AMPH. Tute edictas facta tua, ex me quaeris quid deliqueris.

ALC. Quid ego tibi deliqui, si, cui nupta sum, tecum fui?

AMPH. Tun mecum fueris? quid illac impudente audacius? saltem, tute si pudoris egeas, sumas mutuom.

ALC. Istuc facinus, quod tu insimulas, nostro generi non decet. tu si me inpudicitiai captas, capere non potes.

AMPH. Pro di immortales, cognoscin tu me saltem, Sosia?

SOS. Propemodum.

AMPH. Cenavin ego heri in navi in portu Persico?

ALC. Mihi quoque adsunt testes, qui illud quod ego dicam adsentiant.

SOS. Nescio quid istúc negoti dicam, nisi si quispiam est Amphitruó alius, qui forte ted hinc absenti tamen tuam rem curet teque absente hic munus fungatur tuom. nam quod de illo subditivo Sosia mirum nimis, certe de istoc Amphitruone iam alterum mirum est magis.

AMPH. Nescio quis praestigiator hanc frustratur mulierem.

ALC. Per supremi regis regnum iuro et matrem familias Iunonem, quam me vereri et metuere est par maxume, ut mi extra unum te mortalis nemo corpus corpore contigit, quo me impudicam faceret.

AMPH. Vera istaec velim.

ALC. Vera dico, sed nequiquam, quoniam non vis credere.

[ITALIANO 34]

AMFITR. Marito tuo? Non mi chiamar più con questo nome bugiardo, donna senza fede.

SOSIA (da sé). L'affare è molto imbrogliato, seppure costui di marito non è diventalo moglie.

ALCM. Che ho fatto io per meritare coteste parole?

AMFITR. Tu stessa confessi ciò che hai fatto; o domandi a me la tua colpa?

ALCM. Ma qual colpa ho io, se sono andata a letto col mio sposo?

AMFITR. Tu a letto con me? Ma ci può essere sfacciataggine più sfacciata? Se non hai più vergogna, almeno fattela imprestare.

ALCM. Son di una famiglia, che di cotesta pece non ci se ne attacca. Se tu vuoi cogliermi in fallo, l'hai sbagliata.

AMFITR. Dei immortali! Ma almeno tu, Sosia, mi conosci?

ALCM. A un bel circa!

AMFITR. Cenai io ieri a bordo della nave nel porto di Negroponte?

ALCM. Eh ci ho anch'io i mici testimoni, che possono far fede di quello che dico.

SOSIA, lo non so che faccenda è questa, se puro non ci fosse qualche altro Amfitrione, che nella tua assenza ti fa i fatti di casa e li vanga anche l'orto. L'affare di quell'altro Sosia la è cosa troppo maravigliosa, e più maravigliosa ancora questa di un altro Amfitrione.

AMFITR. Qui ci devo esser di mezzo qualche fattucchiero che ha imbrogliato questa donna.

ALCM. Giuro per Giove re degli Dei e per la gran madre Giunone, che io debbo rispettare e temere, come nessun uomo al mondo, eccetto te, mi ha mai toccala da farmi perdere l'onore.

AMFITR. Oh fosse vero cotesto!

ALCM. Vero è pur troppo: ma a che mi giova, se tu non vuoi credere?

[LATINO 35]

AMPH. Mulier es, audacter iuras.

ALC. Quae non deliquit, decet audacem esse, confidenter pro se et proterve loqui.

AMPH. Satis audacter.

ALC. Vt pudicam decet.

AM. In verbis probas.

ALC. Non ego illam mihi dotem duco esse, quae dos dicitur, sed pudicitiam et pudorem et sedatum cupidinem, deum metum, parentum amorem et cognatum concordiam, tibi morigera atque ut munifica sim bonis, prosim probis.

SOS. Ne ista edepol, si haec vera loquitur, examussim est optima.

AMPH. Delenitus sum profecto ita, ut me qui sim nesciam.

SOS. Amphitruo es profecto, cave sis ne tu te usu perduis: ita nunc homines immutantur, postquam peregre advenimus.

AMPH. Mulier, istam rem inquisitam certum est non amittere.

ALC. Edepol me libente facies.

AMPH. Quid ais? responde mihi, quid si adduco tuom cognatum húc a navi Naucratem, qui mecum una vectust una navi, atque is si denegat facta quae tu facta dicis, quid tibi aequom est fieri? numquid causam dicis, quin te hoc multem matrimonio?

ALC. Si deliqui, nulla causa est.

AMPH. Convenit. tu, Sosia, duc hos intro. ego huc ab navi mecum adducam Naucratem.—

SOS. Nunc quidem praeter nos nemo est. dic mihi verum serio: ecquis alius Sosia intust, qui mei similis siet?

[ITALIANO 35]

AMFITR. Sei donna, i giuri non ti fanno paura.

ALCM. Chi rossore non ha timor non sente. lo parlo con coraggio e con franchezza.

AMFITR. Anche troppo.

ALCM. Come deve fare una donna di garbo.

AMFITR. Parole!

ALCM. Per me non è dote quella che dicesi tale; ma la pudicizia, la verecondia, la continenza, il timore degli Dei, l'amore dei genitori, la concordia dei parenti, la soggezione a te, l'esser generosa coi buoni, il beneficare le persone dabbene.

SOSIA. Costei, se dice la verità, è un esempio di perfezione.

AMFITR. Son cosi fuori di me, che non conosco più chi io mi sia.

SOSIA. Certamente tu sei Amfitrione: bada di non spossessarli di te stesso; perchè dal momento che siam tornali di fuori via, le persone fanno delle metamorfosi.

AMFITR. (ad Alcmena). Questa cosa deve essere messa in chiaro.

ALCM. Figurati se ci avrò piacere!

AMFITR. Ebbene, se io ti conduco qui dalla nave il tuo parente Naucrate, che viaggiò meco sul medesimo bastimento, e se nega quello che tu dici, che cosa vuoi ch'io ti faccia? Sci contenta se ti ripudio?

ALCM. Se ho mancato, son contenta.

AMFITR. Va bene. — Tu, Sosia, conduci in casa costoro: io andrò alla nave per Naucrate, e lo condurrò qui. (Parte.)

SOSIA (ad Alcmena). Ora che siamo a quattr'occhi, dimmi la verità, non ci sarebbe in casa un altro Sosia, precisamente come me?

[LATINO 36]

ALC. Abin hinc a me dignus domino servos?

SOS. Abeo, si iubes.—

ALC. Nimis ecastor facinus mirum est, qui illi conlibitum sietmeo viro sic me insimulare falso facinus tam malum. quidquid est, iam ex Naucrate cognato id cognoscam meo.—

ACTVS III

IVPPITER. Ego sum ille Amphitruo, cui est servos Sosia, idem Mercurius qui fit, quando commodumst, in superiore quí habito cenaculo, qui interdum fio Iuppiter, quando lubet; huc autem quom extemplo adventum adporto, ilico Amphitruo fio et vestitum immuto meum. nunc huc honoris vostri venio gratia, ne hanc incohatam transigam comoediam; simul Alcumenae, quam vir insontem probri Amphitruo accusat, veni ut auxilium feram: nam mea sit culpa, quod egomet contraxerim, si id Alcumenae innocenti expetat. nunc Amphitruonem memet, út occepi semel, esse adsimulabo, atque in horum familiam frustrationem hodie iniciam maxumam; post igitur demum faciam res fiat palam atque Alcumenae in tempore auxilium feram faciamque ut uno fetu et quod gravida est viro et me quod gravidast pariat sine doloribus. Mercurium iussi me continuo consequi, si quid vellem imperare. nunc hanc adloquar.

ALCVMENA, IVPPITER

ALCVMENA. Durare nequeo in aedibus. ita me probri, stupri, dedecoris a viro argutam meo! ea quae sunt facta infecta ut reddat clamitat, quae neque sunt facta neque ego in me admisi arguit; atque id me susque deque esse habituram putat. non edepol faciam, neque me perpetiar probri falso insimulatam, quin ego illum aut deseram aut sátis faciat mi ille átque adiuret insuper, nolle esse dicta quae in me insontem protulit.

IVPP. Faciundum est mi illud, fieri quód illaec postulat, si me illam amantem ad sese studeam recipere, quando ego quod feci, id factum Amphitruoni offuit atque illi dudum meus amor negotium insonti exhibuit, nunc autem insonti mihi illius ira in hanc et male dicta expetent.

[ITALIANO 36]

ALCM. Parti di qui, servo degno del tuo padrone.

SOSIA. Parto, se vuoi. (Parte.)

ALCM. É una cosa veramente da fare strabiliare, che sia saltato in testa al min marito di appormi così sconcia calunnia. Ma sia quel che si vuole, lo saprò tra poco da Naucrate mio parente.

ATTO III

GIOVE. lo sono quell'Amfitrione, che ho Sosia per servo, il qual Sosia, quando fa bisogno, addivien Mercurio. Abito al pian di sopra, e quando mi pare, ritorno Giove. Tutte le volle che mi reco qua, subito divengo Amfitrione e cambio i panni. Ora poi son venuto per riguardo vostro, per non strozzare a mezzo la commedia, e al tempo stesso per portar soccorso a questa povera Alcmena, che il marito accusa ingiustamente di disonestà; poiché la colpa sarebbe mia, se permettessi che quel che ho fatto io dovesse tornare a danno d'un' innocente. Ora dunque di nuovo fingerò, come dianzi, d'essere Amfitrione, e ingarbuglierò tutti costoro. Poi ogni cosa dovrà esser palese, e cosi soccorrerò a tempo la donna, la quale farà a un parto e senza dolori i figliuoli che ha in corpo, quel del marito e il mio. Ho dato ordine a Mercurio di venir qua per fare, nel caso, i miei ordini. — Ora parliamole.

ALCMENA e GIOVE.

ALCM. Non è possibile ch'io regga più in questa casa. Essere svergognata cosi dal mio marito! Sentirlo negare, e con che sicurezza! quello che è stato, e asserire quel che non è stato e che io non ho fatto mai, e volermi ad ogni costo provare in colpa. Affé! che io non permetterò d'essere cosi calunniata: o io lo pianto, od egli mi dà una soddisfazione, e ritraila solennemente le sue parole.

GIOVE (da sé). Bisogna fare quanto ella dice, se desidero che mi riceva di nuovo. E poiché quel che ho fatto è stalo di danno ad Amfitrione, e il mio amore ha dato delle brighe a costei, che è innocente, bisogna ora che l'ira sua si sfoghi con ingiurie contro di me.

[LATINO 37]

ALC. Sed eccum video qui me miseram arguit stupri, dedecoris.

IVPP. Te volo, uxor, conloqui. quo te avortisti? ...

ALC. Ita ingenium meumst: inimicos semper osa sum optuerier.

IVPP. Heia autem inimicos?

ALC. Sic est, vera praedico; nisi etiam hoc falso dici insimulaturus es.

IVPP. Nimis iracunda es.

ALC. Potin ut abstineas manum? nam certo, si sis sanus aut sapias satis, quam tu impudicam esse arbitrere et praedices, cum ea tú sermonem nec ioco nec serio tibi habeas, nisi sis stultior stultissimo.

IVPP. Si dixi, nihilo magis es, neque ego esse arbitror, et id huc revorti uti me purgarem tibi. nam numquam quicquam meo animo fuit aegrius, quam postquam audivi ted esse iratam mihi. cur dixisti? inquies. ego expediam tibi. non edepol quo te esse impudicam crederem; verum periclitatus súm animum tuom, quid faceres et quo pacto id ferre induceres. equidem ioco illa dixeram dudum tibi, ridiculi causa. vél hunc rogato Sosiam.

ALC. Quin huc adducis meum cognatum Naucratem, testem quem dudum te adducturum dixeras, te huc non venisse?

IVPP. Si quid dictum est per iocum, non aequom est id te serio praevortier.

ALC. Ego illúd scio quam doluerit cordi meo.

IVPP. Per dexteram tuam te, Alcumena, oro obsecro, da mihi hanc veniam, ignosce, irata ne sies.

ALC. Ego istaec feci verba virtute irrita; nunc, quando factis me impudicis abstini, ab impudicis dictis avorti volo. valeas, tibi habeas res tuas, reddas meas. iuben mi íre comites?

[ITALIANO 37]

ALCM. Oh eccolo là colui, che mi accusa di disonestà o di adulterio.

GIOVE. Moglie, una parola: perchè ti sei voltata in un'altra parte?

ALCM. E il mio carattere: io non ho mai voluto guardare in faccia i miei nemici.

GIOVE. Nemici?

ALCM. Pur troppo! se forse tu non neghi anche questo.

GIOVE. Sei troppo stizzosa. (La tocca.)

ALCM. A te le mani. Se tu avessi giudizio e senno abbastanza, nè per celia nè per davvero parleresti con una, che tu credi disonesta; se pure non sei la stoltezza in persona.

GIOVE. Se l'ho detto, non ne viene per conseguenza che tu sia, e non ci credo neppur io: anzi son tornato per scolparmi teco, perchè nessuna pena può esser maggiore per l'animo mio, che il saperti adirata. O dunque, domanderai tu, perchè lo dicesti? — Ecco. Non lo dissi già perché io ti credessi una poco di buono; ma volli provare che cosa avresti fatto, e come l'animo tuo l'avrebbe sopportato. Insomma io lo dissi per ischerzo e per fare un po' di burletta. Domandane a Sosia.

ALCM. O perché non conduci qui, corno dicevi, il mio cognato Naucrate, perché attesti che tu non venisti qua?

GIOVE. Ma una cosa detta per chiasso non la devi prendere per davvero.

ALCM. So io il dolore che ne ho provato!

GIOVE. Per questa tua destra, ti prego e ti scongiuro, Alcmena, perdonami, e facciamo la pace.

ALCM. lo con la mia virtù ho mandato in fumo le tue accuse. Ora, poiché son pura di queste sconce cose, non voglio esser contaminata neanche da cotesti sconci discorsi. Stammi bene, ripiglia il tuo, e rendimi il mio. Mi fai accompagnare?

[LATINO 38]

IVPP. Sanan es?

ALC. Si non iubes, ibo egomet; comitem mihi Pudicitiam duxero.

IVPP. Mane. arbitratu tuo ius iurandum dabo, me meam pudicam esse uxorem arbitrarier. id ego si fallo, tum te, summe Iuppiter, quaeso, Amphitruoni ut semper iratus sies.

ALC. A, propitius sit potius.

IVPP. Confido fore; nam ius iurandum verum te advorsum dedi. iam nunc irata non es?

ALC. Non sum.

IVPP. Bene facis. nam in hominum aetate multa eveniunt huius modi: capiunt voluptátes, capiunt rursum miserias; irae interveniunt, redeunt rursum in gratiam. verum irae si quae forte eveniunt huius modi inter eos, rursum si reventum in gratiam est, bis tanto amici sunt inter se quam prius.

ALC. Primum cavisse oportuit ne diceres, verum eadem si isdem purgas mi, patiunda sunt.

IVPP. Iube véro vasa pura adornari mihi, ut quae ápud legionem vota vovi, si domum rediissem salvos, ea ego exsolvam omnia.

ALC. Ego istuc curabo.

IVPP. Evocate huc Sosiam; gubernatorem qui in mea navi fuit Blepharonem arcessat, qui nobiscum prandeat. is adeo ... inpransus ludificabitur, cum ego Amphitruonem collo hinc obstricto traham.

ALC. Mirum quid solus secum secreto ille agat. atque aperiuntur aedes. exit Sosia.

[ITALIANO 38]

GIOVE. Ma sei in cervello?

ALCM. Se no, non importa: saro accompagnata dalla Pudicizia.

GIOVE. Aspetta: io giuro per quel che tu vuoi, che per me la mia moglie é una donna di garbo. Se io mentisco, tu, sommo Giove, abbi sempre nella tua disgrazia Amfitrione.

ALCM. Ah! no, piuttosto nella sua grazia.

GIOVE. Lo spero: io non ho fatto un giuramento falso. — Sei più in collera con me?

ALCM. No.

GIOVE. Brava! vedi, nel mondo accadono spesso di queste cose: ora vengono i piaceri, ora i dispiaceri; ora nascono lo ire, ed ora si fa la pace. Ma se nascono le ire, come queste nostre, quando siam ritornati in grazia, diventiamo più amici di prima.

ALCM. Bisognava prima che tu ci avessi pensato a dir quelle cose. Ma dopo che tu le ripudi, io non ne fo altro risentimento.

GIOVE. Fa ora preparare i vasi puri. Debbo sciogliere i voti, che feci al campo, se fossi ritornato sano e salvo a casa.

ALCM. Sarà pensier mio.

GIOVE. Chiamate qua Sosia, che vada per Blefarone, pilota della nave, perché mangi insieme con noi. (Da sè.) Ma resterà a denti asciutti e con un palmo di naso, quando mi vedrà strascinar fuori di questa casa Amfitrione per l'osso del collo.

ALCM. Che diavol dice da se solo in disparte? Ma s'apre la porta: ecco Sosia.

[LATINO 39]

SOSIA, IVPPITER, ALCVMENA

SOSIA. Ámphitruo, assum. sí quid opus est, impera, imperium éxequar.

IVPP. Sosia, optume advenis.

SOS. Iam pax est inter vos duos? nam quia vos tranquillos video, gaudeo et volup est mihi. atque ita servom par videtur frugi sese instituere: proinde eri ut sint, ipse item sit; voltum e voltu comparet: tristis sit, si eri sint tristes; hilarus sit, si gaudeant. sed age responde: iam vos rediistis in concordiam?

IVPP. Derides, qui scis haec dudum me dixisse per iocum.

SOS. An id ioco dixisti? équidem serio ac vero ratus.

IVPP. Habui expurigationem; facta pax est.

SOS. Optume est.

IVPP. Ego rem divinam intus faciam, vota quae sunt.

SOS. Censeo.

IVPP. Tu gubernatorem a navi huc evoca verbis meis Blepharonem, qui re divina facta mecum prandeat.

SOS. Iam hic ero, cum illic censebis esse me.—

IVPP. Actutum huc redi.

ALC. Numquid vis, quin abeam iam intro, ut apparentur quibus opust?

IVPP. I sane, et quantum potest parata fac sint omnia.

ALC. Quin venis quando vis intro? faxo haud quicquam sit morae.—

[ITALIANO 39]

SOSIA, GIOVE e ALCMENA.

SOSIA. Eccomi, Amfitrione; comanda puro, e io ti servirò.

GIOVE. Vieni in buon punto.

SOSIA. Avete fatto la pace? Poiché vi vedo in buona, ci ho piacere e ne godo. Un buon servo devo tener per massima di aver l'animo e il volto precisamente come i padroni. Hanno le paturne? e lui le paturne: sono allegri? e lui allegro. Ma, dimmi: vi siete rimpaciati?

GIOVE. Animo, tu scherzi, quasi non sapessi da un pezzo che io avevo fatto per celia.

SOSIA. Per celia? E io l'avevo preso sul serio.

GIOVE. Mi sono scusato: la pace è fatta.

SOSIA. Oh bella cosa!

GIOVE. Ora debbo faro un sacrifizio promesso in voto.

SOSIA. Hai ragione.

GIOVE. Va ora alla nave, o invita per parte mia Blefarone a venir qua, perche, dopo il sacrifizio, mangi insieme con me.

SOSIA. Non mi crederai arrivato, che sarò già di ritorno.

GIOVE. Dunque toma subito.

ALCM. Hai altro a dirmi? Io vo in casa a preparare il necessario.

GIOVE. Va, va pure, e metti all'ordine, più presto che sia possibile, ogni cosa.

ALCM. Quando li parrà, vieni pure: tutto sarà pronto.

[LATINO 40]

IVPP. Recte loquere et proinde diligentem ut uxorem decet. iam hisce ambo, et servos et era, frustra sunt duo, qui me Amphitruonem rentur esse: errant probe. nunc tu divine húc fac adsis Sosia (audis quae dico, tam etsi praesens non ades), fac Amphitruonem ádvenientem ab aedibus ut abigas; quovis pacto fac commentus sis. volo déludi illunc, dum cum hac usuraria uxore nunc mihi morigero. haec curata sint fac sis, proinde adeo ut velle med intellegis, atque ut ministres mihi, mihi cum sacruficem.

MERCVRIVS. Concédite atque abscédite omnes, dé via decédite, nec quísquam tam audax fúat homo, qui óbviam obsistát mihi. nam mihi quidem hercle qui minus liceat deo minitarier populo, ni decedat mihi, quam servolo in comoediis? ille návem salvam nuntiat aut irati adventum senis: ego sum Iovi dicto audiens, eius iussu nunc huc me adfero. quam ob rem mihi magis par est via decedere et concedere. pater vocat me, eum sequor, eius dicto imperio sum audiens; ut filium bonum patri esse oportet, itidem ego sum patri. amanti subparasitor, hortor, adsto, admoneo, gaudeo. si quid patri volup est, voluptas ea mi multo maxumast. amat: sapit; recte facit, animo quando obsequitur suo, quod omnis homines facere oportet, dum id modo fiat bono. nunc Amphitruonem volt deludi meus pater: faxo probe iam hic deludetur, spectatores, vobis inspectantibus. capiam coronam mi in caput, adsimulabo me esse ebrium; atque illuc sursum escendero: inde optume aspellam virum de supero, cum huc accesserit; faciam ut sit madidus sobrius. deinde illi actutum sufferet suos servos poenas Sosia: eum fécisse ille hodie arguet quae ego feceró hic. quid mea? meo me aéquomst morigerum patri, eius studio servire addecet. sed eccum Amphitruonem, advenit; iam ille hic deludetur probe, siquidém vos voltis auscultando operam dare. ibo intro, ornatum capiam qui potis decet; dein susum ascendam in tectum, ut illum hinc prohibeam.

[ITALIANO 40]

GIOVE. Tu parli, come deve parlare una moglie che sa il suo dovere. (Da sè.) La padrona e il servo, eccoli tutti e due imbrogliati. Mi credono Amfitrione: e' non ci corre nulla! Ora, o divino Sosia, vieni qui. Tu senti quel che dico, sebbene sii lontano. Fa di tutto per respingere da questa porla Amfitrione che se ne viene. Inventa qualche cosa. Voglio burlarmi di lui, finché mi diverto con questa moglie presa a prestito. Sia tua cura che le cose vadano, come sai che desidero io, senza che te lo dica, e fammi da ministro quando sacrificherò a me medesimo. (Parte.)

MERCURIO. Ritiratevi, partite, sgombrate la via, e nessuno sia tanto ardito di farmisi innanzi. Forse che a un Dio sarà meno lecito che a un servucciaccio di minacciare la gente, se non gli dà il passo? Lui annunzierà, pula caso, il felice arrivo di una nave o la venula di un vecchio con la senapa al naso. Io invece ubbidisco Giove, e per suo cenno vengo qua. Ho più diritto adunque che la gente si ritiri dinanzi a me. Il mio padre mi chiama, io accorro, e sono ubbidiente al suo comando, precisamente come un figliuolo per bene deve con suo padre. Egli è innamorato, e io gli fo da portastanghe, lo consiglio, lo assisto, lo avverto, e ne godo. Quel che fa piacere a lui, a me fa piacerone. Amoreggia? ha giudizio, e fa bene, quando non si fa patire. Lo stesso dovrebbero fare tutti gli uomini, purché con giudizio. Ora il mio padre vuol che sia fatto calandrino Amfitrione: ebbene, si farà in tutte lo regole. E voi, spettatori, lo vedrete con gli occhi vostri. Ora, mi metterò una corona in capo, per far vista d'essere ubriaco, e salirò su quella terrazza, di dovè potrò più facilmente respingerlo quando verrà qua. Di quassù lo condirò senz' olio. Poco dopo il povero Sosia suo servo pagherà le pene delle mie invenzioni, perchè sarà incolpato di aver fatto quello che farò io qui. Che me ne importa? Bisogna che io faccia a modo di mio padre, e che io mi presti alle sue fantasie. Ma ecco Amfitrione; se ne vien qua: vedrete scenetta, se voi avete desiderio di stare a vedere. Ora corro in casa per mascherarmi da ubriaco; poi salirò su alto per respingerlo di qui.

[LATINO 41]

AMPHITRVO. Naúcratem quem cónvenire vólui, in navi nón erat, neque domi neque in urbe invenio quemquam qui illum viderit. nam omnis plateas perreptavi, gymnasia et myropolia; apud emporium atque in macello, ín palaestra atque in foro, in medicinis, in tonstrinis, apud omnis aedis sacras sum defessus quaeritando: nusquam invenio Naucratem. nunc domum ibo atque ex uxore hánc rem pergam exquirere, quis fuerit quem propter corpus suom stupri compleverit. nam me, quam illam quaestionem inquisitam hodie amittere, mortuom satiust. sed aedis occluserunt. eugepae, pariter hoc fit atque ut alia facta sunt. feriam foris. aperite hoc. heus, ecquis hic est? ecquis hoc aperit ostium?

MERCVRIVS, AMPHITRVO

MERCVRIVS. Quís ad fores est?

AMPH. Égo sum.

MERC. Quid ego sum.

AMPH. Íta loquor.

MERC. Tibi Iúppiter dique omnes irati certo sunt, qui sic frangas fores.

AMPH. Quo modo?

MERC. Eo modo, ut profecto vivas aetatem miser.

AMPH. Sosia.

MERC. Ita, sum Sosia, nisi me esse oblitum existimas. quid nunc vis?

AMPH. Sceleste, at etiam quid velim, id tu me rogas?

MERC. Ita, rogo. paene effregisti, fatue, foribus cardines. an foris censebas nobis publicitus praeberier? quid me aspectas, stolide? quid nunc vis tibi? aut quis tu es homo?

AMPH. Verbero, etiam quis ego sim me rogitas, ulmorum Acheruns? quem pol ego hodie ob istaec dicta faciam ferventem flagris.

[ITALIANO 41]

AMFITRIONE. Naucrate, che cercavo, non era nella nave, e non trovo nessuno nò in sua casa, nè per la città che l'abbia veduto. Ho girato per tutti i'piazzali, per i ginnasi, per le profumerie, alla borsa, al mercato, alla palestra, nel fòro, alle spezierie, dai barbieri, per tutti'i templi: nulla: sono stanco dal domandarne, e non mi riesce' di trovarlo. Torniamo ora in casa per continuare a processare la moglie, e sapere chi fu il seduttore: perchè io piglierei piuttosto di morire, che lasciar questa faccenda senza andar sino in fondo. Ma la porta è chiusa: benissimo! anche questo sta in chiave con tutto il rimanente. Picchiamo. — Aprite: ehi! non c'è nessuno? Olà! Chi m'apre?

MERCURIO e AMFITRIONE.

MERC. Chi va là?

AMFITR. lo.

MERC. Chi io?

AMFITR. Io, ti dico.

MERC. Bisogna bene che tu abbia addosso tutta la maledizione di Giove e degli altri Dei a spezzare cosi la porta.

AMFITR. In che modo?

MERC. In modo, che tu non abbia più un momento di bene.

AMFITR. Sosia!

MERC. Già, Sosia! credi che io mi sia dimenticato di me stesso? Ma che vuoi?

AMFITR. Scellerato, mi dimandi anche quel che voglio?

MERC. Te lo dimando, sicuro; m'hai quasi sbandellata la porta, pazzo. O che credi che ce la rifaccia il Comune a proprie spese? Che guardi, imbecille? Che vuo'tu da me? Chi se' tu?

AMFITR. Ah mi domandi anche, groppaccia da legnate, chi sono io? Ti dò parola che oggi la pelle t' ha bruciare dai colpi.

[LATINO 42]

MERC. Prodigum te fuisse oportet olim in adulescentia.

AMPH. Quidum?

MERC. Quia senecta aetate á me mendicas malum.

AMPH. Cum cruciatu tuo istaec hodie, verna, verba funditas.

MERC. Sacrufico ego tibi.

A. Qui?

M. Quia enim te macto infortunio.

ACTVS IV

BLEPHARO, AMPHITRVO, IVPPITER.

BLEPH. Vós inter vos partite; ego abeo, mihi negotium est; neque ego umquam usquam tanta mira me vidisse censeo.

AMPH. Blepharo, quaeso ut advocatus mi adsis neve abeas.

BLEPH. Vale. quid opust me advocato, quí utri sim advocatus nescio?—

IVPP. Intro ego hinc eo. Alcumena parturit.—

AMPH. Perii miser. quid ego faciam, quem advocati iam atque amici deserunt? numquam edepol me inultus istic ludificabit, quisquis est; nam iam ad regem recta me ducam resque ut facta est eloquar. ego pol illum ulciscar hodie Thessalum veneficum, qui pervorse perturbavit familiae mentem meae. sed ubi illest? intro edepol abiit, credo ad uxorem meam. qui me Thebis alter vivit miserior? quid nunc agam, quem omnes mortales ignorant et ludificant ut lubet. certumst, intro rumpam in aedis: ubi quemque hominem aspexero, si ancillam seu servom sive uxorem sive adulterum seu patrem sive ávom videbo, óbtruncabo in aedibus. neque me Iuppiter neque di omnes id prohibebunt, si volent, quin sic faciam ut constitui. pergam in aedis nunciam.

[ITALIANO 42]

MERC. Bisogna bene che da giovane tu abbia avuto le mani bucate.

AMFITR. Perchè?

MERC. Perchè da vecchio se' ridotto ad accattare qualche malanno.

AMFITR. Coteste parole, servaccio, che oggi mi dài, t'hanno a costar care.

MERC. Io ti offro un sacrifizio.

AMFITR. Quale?

MERC. Un sacrifizio, di cui sarai la vittima.

ATTO IV

BLEFARONE, AMFITRIONE e GIOVE.

BLEF. Voi sbrigatevela un po' tra voi: io me ne vo: ho altro da fare. Miracoli, come questi, da che sono al mondo credo di non averli veduti mai.

AMFITR. Blefarone, assistimi per carità; non te ne andare.

BLEF. Addio: che bisogno c' è della mia assistenza, quando non so chi di voi due debba assistere?

GIOVE. Io me ne vo in casa: Alcmena ha i dolori del parto.

AMFITR. (da sè) Povero me! che debbo io fare, se tutti gli assistenti e gli amici mi abbandonano? Affé! che costui; chiunque egli sia, non si piglierà impunemente . giuoco di me. Or io me ne vo diritto dal re, e gli racconto tutto quello che è accaduto. Mi vendicherò io oggi di quell'infame stregone, che ha fatto dar la balta al cervello a tutti di casa mia. Ma dov' è egli? Che si, che se n' è andato in casa dalla mia moglie! Ma ci può essere in Tebe uomo più disgraziato di me? Che debbo far ora? Nessuno mi conosce, tulli si burlano di me. Son risoluto: ora corro in casa, e chiunque veggo, serva, servo, moglie, drudo, babbo, nonno, te lo ammazzo intrafinefatta. Neanche Giove e tulli gli Bei mi potrebbero tenere. Dunque in casa.

[LATINO 43]

ACTVS V

BROMIA, AMPHITRVO.

BROMIA. Spes átque opes vitaé meae iacént sepultae in pectore, neque ullast confidentia iam in corde, quin amiserim; ita mihi videntur omnia, mare terra caelum, consequi, iam ut opprimar, ut enicer. me miseram, quid agam nescio. ita tanta mira in aedibus sunt facta. vae miserae mihi, animo malest, aquam velim. corrupta sum atque absumpta sum. caput dolet, neque audio, nec oculis prospicio satis, nec me miserior femina est neque ulla videatur magis. ita erae meae hodie contigit. nam ubi parturit, deos síbi invocat, strepitús, crepitus, sonitús, tonitrus: ut subito, ut propere, ut valide tonuit! ubi quísque institerat, cóncidit crepitu. íbi nescio quis máxuma vóce exclamat: "Alcumena, adest auxilium, ne time: et tibi et tuis propitius caeli cultor advenit. exsúrgite" inquit 'qui terrore meo occidistis prae metu.' ut iácui, exsurgo. ardére censui aédis, ita tum cónfulgebant. íbi me inclamat Álcumena; iam éa res me horrore ádficit, erílis praevertít metus: accúrro, ut sciscam quíd velit. atque illam geminos filios pueros peperisse conspicor; neque nostrum quisquam sensimus, quom peperit, neque providimus. séd quid hoc? quis hic ést senex, qui ante aédis nostras síc iacet? numnam húnc percussit Iúppiter? credo édepol, nam, pro Iúppiter, sepúltust quasi sit mórtuos. ibo et cognoscam, quisquis est. Amphitruo híc quidem est érus meus. Amphítruo.

A. Perii.

B. Súrge.

A. Interii.

B. Cédo manum.

A. Quis mé tenet?

BR. Tua Bromia ancilla.

[ITALIANO 43]

ATTO V

BROMIA e AMFITRIONE.

BROMIA. Desolata! dove mi salvo? tutto è perduto per me: la speranza e il coraggio mi hanno abbandonato. Tutto l'universo, il mare, la terra e il cielo mi paro che mi piombino addosso e mi schiaccino e mi annientino. Povera a me! che debbo fare? quali portenti in casa nostra! Aimè! mi sento mancare. Chi mi da un bicchier d'arqua? Non ne posso piu, sono sfinita: ho un gran mal di lesta; non ho più orecchi, non ho più occhi. Non c'è e non ci può essere donna più infelice di me, per quello che oggi è accaduto alla mia padrona. Appena, venutile i dolori del parto, si raccomanda agli Dei, ecco un rumore, uno scoppio, un fragore, un tuono, come forte! come a un trailo! Ognuno di noi cade all'istante sul proprio luògo; ed una voce grandissima grida: « Alcmena, non temere, il soccorso è pronto: il Re del cielo viene in aiuto a te e a'tuoi. E voi sorgete, che cadeste tramortiti per paura di me. » Allora io da giacere mi rizzo in piedi: pareva che la casa ardesse; di tanta luce tutta riverberava. Alcmena mi chiama con alte grida: io raccapriccio; ma poiché il pensiero della padrona vinceva in me ogni altra cura, accorro per sapere che cosa voglia, e veggo che ha partorito due figliuoli gemelli. Prima ancora che ce no accorgessimo o potessimo prevederlo, ella partorì. Ma che è ciò? chi è questo vecchio, che se no sta disteso qui innanzi casa? Sia rimasto colpito dal fulmine? E'mi par di certo, perchè è privo di sensi, come fosse morto. Vo' veder chi sia. Oh, è Amfitrione, il nostro padrone! — Amfitrione.

AMFITR. Aimè!

BROMIA. Alzati.

AMFITR. Son morto.

BROMIA. Qua la mano.

AMFITR. Chi mi tocca?

BROMIA. Bromia,. la tua serva.

[LATINO 44]

AM. Totus timeo, íta me increpuit Iuppiter. nec secus est, quasi si ab Acherunte veniam. sed quid tu foras egressa es?

BROM. Eadem nos formido timidas terrore impulit in aedibus, tu ubi habitas. nimia mira vidi. vae mihi, Amphitruo, íta mihi animus etiam nunc abest.

AMPH. Agedum expedi: scin me tuom esse erum Amphitruonem?

B. Scio.

A. Vide etiam nunc.

B. Scio.

AMPH. Haec sola sanam mentem gestat meorum familiarium.

BROM. Immo omnes sani sunt profecto.

A. At me uxor insanum facit suis foedis factis.

BROM. At ego faciam, tu idem ut aliter praedices, Ámphitruo, piam et pudicam ésse tuam uxorem ut scias. de ea re signa atque argumenta paucis verbis eloquar. omnium primum: Alcumena geminos peperit filios.

A. Ain tu, geminos?

B. Geminos.

A. Di me servant.

B. Sine me dicere, ut scias tibi tuaeque uxori deos esse omnis propitios.

AMPH. Loquere.

BROM. Postquam parturire hodie uxor occepit tua, ubi utero exorti dolores, ut solent puerperae invocat deos immortales, ut sibi auxilium ferant, manibus puris, capite operto. íbi continuo contonat sonitu maxumo; aedes primo ruere rebamur tuas. aedes totae confulgebant tuae, quasi essent aureae.

[ITALIANO 44]

AMFITR. Io tremo tutto: cosi il fulmine di Giove mi ha stordito. Mi par di risuscitare da morte. Ma perchè tu qui fuori di casa?

BROMIA. Anche noi la stessa paura ci ha cacciati fuori. In casa tua ho veduto cose da fare strabiliare. Aimè! padrone; il fiato ancora non mi ritorna in corpo.

AMFITR. Animo, sbrigati. Sai che io sia il tuo padrone Amfitrione?

BROMIA. Lo so.

AMFITR. Guardami bene.

BROMIA. Lo so.

AMFITR. Questa è l'unica in tutta la mia casa, che sia in cervello.

BROMIA. E anche tutti gli altri sono in cervello.

AMFITR. Ma la mia moglie con le sue ribalderie, mi fa impazzare.

BROMIA. E io farò in modo, che tu abbia a dire molto diversamente di lei. Io, perchè tu conosca che la tua moglie è fior di onesti, te ne darò in poche parole la prova. Prima di tutto Alcmena ha partorito due figliuoli.

AMFITR. Due figliuoli?

BROMIA. Due di coppia.

AMFITR. Gli Dei mi assistono.

BROMIA. Lasciami parlare, perchè tu sappia che tutti gli Dei son propizi a te e alla tua moglie.

AMFITR. Parla.

BROMIA. Appena cominciò a entrare sopra parto, e le vennero i dolori, come accade alle partorienti, con le mani purificate, col velo in testa si raccomanda agli Dei che l'aiutino. Allora s'ode d'un tratto un tuono grandissimo. Pareva a prima giunta che la casa sprofondasse, e come fosse d'oro, da ogni parte rifulgeva.

[LATINO 45]

AMPH. Quaeso absolvito hinc me extemplo, quando satis deluseris. quid fit deinde?

BROM. Dum haec aguntur, interea uxorem tuam neque gementem neque plorantem nostrum quisquam audivimus; ita profecto sine dolore peperit.

AMPH. Iam istuc gaudeo, utut erga me merita est.

BROM. Mitte ista atque haec quae dicam accipe. postquam peperit, pueros lavere iussit nos. occepimus. sed puer ille quém ego lavi, ut magnust et multum valet! neque eum quisquam colligare quivit incunabulis.

AMPH. Nimia mira memoras; si istaec vera sunt, divinitus non metuo quin méae uxori latae suppetiae sient.

BROM. Magis iam faxo mira dices. postquam in cunas conditust, devolant angues iubati deorsum in impluvium duo maximi: continuo extollunt ambo capita.

AMPH. Ei mihi.

BROM. Ne pave. sed angues oculis omnis circumvisere. postquam pueros conspicati, pergunt ad cunas citi. ego cunas recessim rursum vorsum trahere et ducere, metuens pueris, mihi formidans; tantoque angues acrius persequi. postquam conspexit angues ille alter puer, citus e cunis exilit, facit recta in anguis impetum: alterum altera prehendit eos manu perniciter.

AMPH. Mira memoras, nimis formidolosum facinus praedicas; nam mihi horror membra misero percipit dictis tuis. quid fit deinde? porro loquere.

BROM. Puer ambo angues enicat. dum haec aguntur, voce clara exclamat uxorem tuam—

[ITALIANO 45]

AMFITR. Basta, basta, per carità, m'hai canzonato assai. E poi che avvenne?

BROMIA. In mezzo a questo fracasso, la tua moglie, senza che alcuno di noi udisse un gemito, un lamento, partorì senza dolore.

AMFITR. Ci ho piacere, qualunque sia il merito suo verso di me.

BROMIA. Lascia star cotesto, e bada a me. Partorito che ebbe, ci comanda di lavare i due bambini. Noi facciamo il comando. Ma quel fanciullo che io lavai, che tocco di figliuolo! e che forza! Non ci fu modo che potesse stare nelle fasce.

AMFITR. Tu mi racconti un miracolo. Se ciò è vero, credo che alla mia moglie sia venuto qualche rinforzo dal Cielo.

BROMIA. Ma questo non è nulla. Dopo che lo posi nella culla, due grandissimi serpenti con la cresta strisciano giù dal tétto nel cortile, e rizzano subito i loro capi.

AMFITR. Oh povero a me!

BROMIA. Non aver timore. Si mettono a guardare intorno intorno ognuno di noi. Dopo che ebbero adocchiato i fanciulli, se ne vanno diritti alla culla. Io a ritirare di qua di là la culla, a strascinarla avanti indietro, temendo per i bambini, trepidando per me: e i serpenti a perseguitarmi sempre più ferocemente. Ma quando quel figlione li ebbe veduti, balza fuori della culla, si avventa contro di essi; li afferra prontamente, uno di qua e uno di là.

AMFITR. Tu mi conti miracoli! E un racconto che mi ha fatto raccapriccire. Che fu di poi? continua.

BROMIA. Il fanciullo li strozza ambedue, in questo mentre una voce sonora grida alla tua moglie....

[LATINO 46]

A. Quis homo?

B. Summus imperator divom atque hominum Iuppiter. is se dixit cum Alcumena clam consuetum cubitibus, eumque filium suom esse qui illos angues vicerit; alterum tuom esse dixit puerum.

AMPH. Pol me haud paenitet, si licet boni dimidium mihi dividere cum Iove. abi domum, iube vasa pura actutum adornari mihi, ut Iovis supremi multis hostiis pacem expetam. ego Teresiam coniectorem ádvocabo et consulam quid faciundum censeat; simul hanc rem ut facta est eloquar. sed quid hoc? quam valide tonuit. di, obsecro vostram fidem.

IVPPITER, AMPHITRVO.

IVPPITER. Bono ánimo es, adsum auxílio, Amphitruo, tíbi et tuis: nihil est quod timeas. hariolos, haruspices mitte omnes; quae futura et quae facta eloquar, multo adeo melius quam illi, quom sum Iuppiter. primum omnium Alcumenae usuram corporis cepi, et concubitu gravidam feci filio. tu gravidam item fecisti, cúm in exercitum profectu's: uno partu duos peperit simul. eorum alter, nostro qui est susceptus semine, suis factis te immortali adficiet gloria. tu cum Alcumena uxore antiquam in gratiam redi: haud promeruit quam ob rem vitio vorteres; mea vi subactast facere. ego in caelum migro.—

AMPH. Fáciam ita ut iubés et te oro, prómissa ut servés tua. ibo ad uxorem intro, missum facio Teresiam senem. nunc, spectatores, Iovis súmmi causa clare plaudite.

CANTOR. Spectatores, nune fouis summi causa clare plaudite.

[ITALIANO 46]

AMFITR. Chi?

BROMIA. Il sommo Re degli uomini e degli Dei, dicendo che di nascosto si era più vòlte giaciuto con Alcmena; che il fanciullo. il quale aveva strozzato i serpenti, era suo, e quell'altro d'Amfitrione.

AMFITR. Affe! non sono scontento di dividere con Giove questa fortuna. Va ora in casa, e fa subito preparare i vasi puliti, perché con molti sacrifizi io implori il favore di Giove, lo andro per l'indovino Tiresia, e dopo avergli narrato tutto, lo consultero intorno'a quello che dobbiamo fare. Ma che è cio? Quale scoppio? O Dei, proteggetemi.

GIOVE e AMFITRIONE.

GIOVE. Sta tranquillo: eccomi in tuo aiuto, o Amfitrione: non c'è nulla da temere: lascia in pace gl'indovini e gli aruspici lutti: io, che son Giove, ti dirà molto meglio di loro cio che è avvenuto e cio che avverrà. Prima di tutto ti dico che ebbi che fare con Alcmena, e che ella rimase incinta di me. Di te pure rimase incinta, quando andasti alla guerra: ed ora a un sol colpo ha partorito due figliuoli. L'un d'essi, quello che è sangue mio, ti renderà sempre glorioso con le sue opere. Intanto ritorna in pace con la moglie: ella non ha colpa nessuna; fu costretta da me: io ritorno in cielo.

AMFITR. Farà la tua volontà, e ti prego a mantener la promessa. Andiamo in casa dalla moglie: non c'è più bisogno del vecchio Tiresia.

IL CANTORE. Spettatori, per rispetto al sommo Giove fateci un bravo applauso.

Printed by Amazon Italia Logistica S.r.l.
Torrazza Piemonte (TO), Italy

57015476R00054